JN113012

覚悟せよ

Yano Takashi

矢野隆

光文社

覚悟せよ

目次

装画……村田涼平

装幀……大岡喜直（next door design）

秘事

父はなにかを隠している……。

目の前を歩く男の背を見つめる神谷新左ヱ門は、心のなかでそうつぶやいた。

稲が刈り取られた田の間、はるか遠くを男がひとりで歩いている。茶渋の袴に紺地の羽織といういでたちが良家の老武士然としていた。矍鑠とした足取りで先を急いでいる。

父だ。

血のつながりはない。

新左ヱ門が神谷の家に養子に入ったのは、五年前のこと。それまでは商家の四男坊であった。新左ヱ門などと名乗ってはいるが、もとは新吉と呼ばれ、兄が切り盛りする廻船問屋の片隅で冷や飯を喰らう身であった。

生家はなかなか繁盛している。

九州北部で一、二を争う港である迎田の街。そのなかでも三国屋といえば、誰もが知っているような大店である。武士の出入りも頻繁で、家老格の者が金の無心に来ることも年に一度や二度ではない。

いま新左ヱ門が侍でいられるのは、実家の伝手があったからだ。

有難いと思う。

新左ヱ門の上には兄が三人いる。家を継げるはずもない。侍になるまで、父や兄の厄介になりながら生きてきた新左ヱ門は、いまのみずからの身の上をもたらしてくれたすべてのものに、息をするかのごとくに感謝をする。

もちろん、自分を拾ってくれた義父に対しても、つねづね感謝の気持ちを忘れない。

三百五十石、役料米八十俵。それが義父の俸禄である。

ゆくゆくはそれが己のものになるのだ。商家の四男坊として、兄の手伝いをしながら生きていくしかないと思っていた新左ヱ門にとって、いまの境遇は信じられないくらいにでき過ぎていた。

義父は郡奉行である。

筑前二十八万石、大蔵家は、領国を五つに分けて各地域に郡奉行を置いている。主な仕事としては、郡内の各村の大庄屋や組頭らから年貢を徴収し、村内で解決できそうにない問題が起こった時に、裁定を下すというものだ。そのため城勤めの武士よりも、領民と接する機会も多い。

今回の遠出も、そんな郡奉行の務めの一環だ……。と、新左ヱ門は必死に自分に言い聞かせている。

だが、釈然としない。

郡奉行は定期的に村を巡察する。稲の刈り入れが終わる前に、秋の巡察はすでに済ませていた。巡察の時には、頭取から軽卒にいたるまで、数十人の者を引き連れて郡内を廻ってゆくのだが、今日の義父はひとりきり。そもそも巡察の時以外に、遠出をしない人だし、役宅を出る時は決まって供の者をひとりかふたりは付ける。それが今日はいない。

ひとりでふらりと役宅を出て、すでに二刻あまりも歩いている。その間に村をふたつばかり通り過ぎたが、目深にかぶった笠で素性を隠し、そそくさと速歩で駆け抜けてゆく。

いったい義父はどこに行くというのか。

遠くに見える小さな背中を見失わぬように足取りを整えつつ、新左ヱ門は懐から手拭を取り出し、額の汗を拭った。

はじめに疑いを持ったのは、いつごろのことだったろうか。

ある村から沢山の野菜が届く。その村は郡内の東の果てにある小さな村だという。年貢とはべつに、義父のためだけに役宅の裏口から運ばれてくるのだ。

それだけなら、ことさらおかしいとは思わなかった。だが、季節の訪れを報せる山盛りの作物と、義父のある異変が新左ヱ門の頭のなかで繋がった時、些細な違和は疑いへと変わったのである。

家督を継ぐための準備として、父とともに各村の詳細が書かれた大量の書き付けに目を通していた時のことだ。

義父が郡奉行を仰せつかっているのは、大蔵領の東部であった。北から西にかけて海が広がる大蔵領だが、東へ行けば行くほど山が多くなっている。父の預かる郡は山深い。幾重にも連なる山々を縫うように続く細道にそって、村が点在している。そのため平地よりもひとつの村が小さく、数も多い。その村のひとつひとつの戸数と庄屋の名前、藩より命じられている年貢の料を頭に叩き込んでゆくのは、気の遠くなるような仕事であった。いま新左ヱ門の頭のなかに十全に入っているのは、郡内の半分程度というところであろうか。義父は、すべてをそらんじることができた。

その日も、義父とともに書き付けに目を通していたのである。

「それは良い。いずれ折を見てな」

ある村が記された箇所に新左ヱ門の目が留まった瞬間、義父がそういって書き付けを奪ったのである。

「何故にございましょう」

新左ヱ門は素直な疑問を口にした。義父は、これまで一度も見たことのない厳しい目をして「折を見て話すと申したはずじゃ」とだけ言って、それ以上の問答を拒んだ。静かにこちらを見つめる義父の眼光の鋭さに、新左ヱ門は言葉を失った。

大蔵領の東の果てにある村だった。修験道の修行場にもなっている大蔵領一の高さを誇る御船山の近くの村だ。四方を山に囲まれており、戸数も二十をわずかに超す程度という本当に小さな村……。

それは春と秋に決まって野菜を届けてくる、あの村だった。

義父は品行方正を地で行くような武士である。だからこそ、書き付けを取り上げてこちらをにらんだあの目が、頭に焼き付いてはなれない。

いったいあの村になにがあるのか。折を見て話すというのは、どういう意味なのか。

忘れようとすればするほど、あの時の父の姿が瞼の裏に蘇る。

幾度、聞こうと思ったことか。

だが、できなかった。

義父には感謝している。確証の持てぬ疑いのために、詰め寄ってよいのか。そんな自分を、義父はどう思うだろうか。義父には本当に感謝している。疑うこと自体が、後ろめたかった。

そんな、懊悩する日々が続いていた最中、父が動いたのである。

朝餉を済ませた後、いきなり今日は出かけると家族に言った。供も連れず、四、五日戻らないという。義母は疑うようなことはなく、はいそうですかとだけ答え、義父の外出を許した。

新左ヱ門の妻の方はというと、父に関心がないのか、聞いているのかどうかもわからぬ素振りであった。

自分だけが輪に入れずにいる。そんな心地がした。妻はわからぬが、少なくとも義母は、父が外出する理由を知っている。知ったうえで、黙って送り出したのだ。

実家に戻る用事を思い出したと妻に告げ、新左ヱ門は義父の跡を追った。

思い悩みながら歩を進める新左ヱ門の前を行く義父は、どんどん山へと近づいてゆく。この先、中小の山が続くが、その先に領国一の高さを誇る御船山があった。そして御船山の裏には、あの件(くだん)の村がある。

義父は本当にあの村に行くのか。いったいそこになにがあるというのか。

老齢とは思えぬ力強い足取りで、義父はずかずかと山に分け入ってゆく。木々の間に隠れそうになる後ろ姿を見失うまいと、新左ヱ門も必死に追いすがる。

胸が激しく上下していた。

息が荒いのは疲れのせいか、それとも父を追っているという後ろめたさのせいなのか。

わからぬまま新左ヱ門は父の背中を追った。

「父上、少しよろしいでしょうか」

夕餉を終えた後、自室で書見をしている父を訪ねた。父は文机(ふづくえ)の脇に行灯(あんどん)を置き、書物を繙(ひもと)いている。

「いかがした」

言った父が、文机の前で体を回し、新左ヱ門と正対する。

「儂がおらぬ間、迎田に戻っておったと聞いたが、御父上と御母上は息災であったか」

「三国屋には戻っておりませぬ」

「ではどこにおった」

父は眉尻を上げながら問うてきた。

「蟹沢村に行っておりました」

件の村の名だ。

「いまなんと言った」

「蟹沢村に行っておりました」

同じ言葉を二度吐いた新左ヱ門を見つめていた義父の目が、行灯の光に照らされて不気味に光った。

「戯言を申すな」

「戯言ではありませぬ」

義父は若いころは剣術で鳴らしたという。一刀流皆伝の腕前らしい。老いたとはいえ、新左ヱ門をにらむ眼光の鋭さには目を見張るものがあった。商家で生まれ育った新左ヱ門にとって、義父の剣呑な気配は、恐怖以外の何物でもなかった。息が止まりそうになるのに必死に耐えながら、父と相対している。膝に置いた手が震えているのが自分でもわかったが、どうすることもできない。

「奇遇じゃな」

つぶやいた義父は、新左ヱ門をにらんだまま顎に手をやった。

「儂も蟹沢村におった」

「存じております」

義父が重い溜息を吐いた。それから文机の書物に手を伸ばし、丁寧に閉じる。その顔は、これまで見たどの顔よりも沈鬱であった。義父の態度が、新左ヱ門を落ち着かなくさせる。もしかしたら、己は触れてはならぬものに触れたのではないのか。疑いを抱いていることに良心が耐えきれなくなり、焦って吐き出してはみたが、自分を拾ってくれた大恩ある義父を追い詰めるような真似をしているのではないのか。

「寒いか」

「え」

「震えておるぞ」

「寒うはございません」

むしろ暑いくらいだ。義父の前に座ってから、体が熱をもっている。

「蟹沢村に行ったと申したが、飯はどうしておった」

「隣村の百姓に食べさせてもらいました」

いきなり現れた侍に、村人は嫌な顔ひとつせず、晩飯を分けてくれた。もちろん銭は払っている。素性は明かせないから、親元に戻る旅の途中などとてきとうに誤魔化した。

「蟹沢村に一番近い村といえば、木内であろう。あそこまでは半刻はかかる。往復するだけで一刻じゃ」

さすがは義父である。郡内の村はすべて頭に入っている。

「はい、通いました」

「まったく……」

呆れ顔で義父が首を左右に振る。

「寝る所はどうした」

「飯を喰わせてもらった百姓のところに」

「なにを考えておるのやら」

もう一時たりとも、この状況に耐えられなかった。はやく楽になりたい。

新左ヱ門は意を決した。

「父上、蟹沢村にはいったいなにがあるのでござい……」

「なにをしておった」

「は」

決意の言葉を断ち切られ、新左ヱ門は呆けた声を吐く。二の句が継げず、目を真ん丸にしたまま固まる息子を見つめ、義父は腹の据わった落ち着いた口調で問う。

「儂は蟹沢村でなにをしておった」

真っ白になった頭で、問いをゆっくりと咀嚼する。わずかな時を要しながらも、新左ヱ門は答えを導きだした。

「二日ほど庄屋の家に留まられ、村の祭りに加わっておられました」

蟹沢村での義父は、朝から晩まで鎮守の社で行われている祭りに参加していた。次々と現れる村人から酌をされながら、顔を真っ赤にして酒を呑んでいた。夜になって皆が家に戻ると、庄屋に誘われるようにしてその屋敷に戻ってゆく。ただそれだけ。屋敷のなかでなにかが行われていたとしても新左ヱ門に知る術はないが、とにかく外にいる時の義父は、ただひたすらに酒を呑んでいただけだ。しかも、役宅にいる時には決して見せない、楽しそうな笑顔で村人と気さくに話をしていた。

「どうやらまことに村に来ておったようだの」

言って義父が小さく笑った。その瞬間、少しだけ部屋に満ちている気が軽くなる。

「娘に嘘を吐いてまで、儂を尾けてきて、なにかわかったか」

「なにも」

新左ヱ門は子供のように首を左右に振る。それを見る義父の目から、先刻のような厳しさは消えていた。

「それほど蟹沢村のことが気になったか」

「父上がなにをされておるのかどうしても知りとうなって、それでいても立ってもおられず」

「儂を心配して尾けたのか」

肩を落としてうなずく。

義父が幾度かうなずいて、口許を緩める。

「郡奉行というものは、領民に関心をもたねば務まらぬ。領民を血を分けた者のごとくに想い、ひとりひとりにまで気をくばらねば、村々は治まらぬでな。儂の身を案じ、御主が蟹沢村まで尾けてきたのは、悪いことではない。むしろ褒めてやりたいくらいじゃ」

叱られると思っていた。家族に嘘を吐いて家を空けたこと、蟹沢村に行ったこと、そして義父を疑ったことを。しかし義父は、新左ヱ門を褒めた。

「申し訳ありません」

「何故、謝る」

「い、いや……」

「わからぬなら謝るな」

義父がまた溜息を吐く。

「新左ヱ門」

「はい」

「御主はもそっと堂々とせよ。婿養子であるからとか、出が商人だからとか、妙なことは考えるな。儂の跡取りとして、どんな時も毅然としておれ」

そんな厚かましい真似をしたことは、生まれてこのかた一度もなかった。堂々としろと言われても、どのようにすれば良いのかわからない。

「聞きたきことがあるのなら、はっきりと申せ。父上はなにをこそこそと隠しておられるのかと、胸を張って問えば良いのじゃ」

「そ、それは……」

「蟹沢村は四方を山に囲まれた小さき村じゃ」

抗弁しようとした新左ヱ門をはばんで、義父が語りだす。

「土も痩せておる故、米を作る場所も少ない。それ故、常に年貢に苦しんでおる」

村にあった家は十数戸であった。村人は百人に届かない。

「浅間の御山から火柱が上がってからというもの、東の方では飢饉続きじゃという。西の果てにある我が藩ではさいわい、東国ほどの惨状ではないが、豊作と呼べる年は数えるほどじゃ。天明四年と七年は、春は良かったが秋が不作。両方とも良かったのは、五年と九年。それ以外は芳しゅうない」

そのあたりのことは、義父から話は聞いている。商家の四男坊であったころは、領内の作物の取れ高など、まったく気にしていなかった。米の値が上がったなどと父や兄がぼやいていても、どこか他人事であった。

「例年の惨状を見かね、藩は村救銀を設けて無利息五か年で貸し付けてはおるが、それでも蟹沢村のような小さな村はどうにもいかぬ。借りればとうぜん返さねばならぬ。豊作となっても、前年に借りた銀を返せば、けっきょく不作であるのと変わらぬ。借財がなくなっただけましかもしれんが、翌年不作となれば、また借り受けねばならん」

それでも、と義父は言って、文机の上に置かれた冷めた茶を飲んだ。茶で喉を潤すと、ふたたび語り始めた。

「どこの村もそんな有り様じゃ。皆、苦しみながらもなんとかやりくりしておる」

「蟹沢村はそれができぬと」

「うむ」

深くうなずいて、義父は深く息を吸った。

「蟹沢村は五十二石六斗、申し渡されておる年貢は三十一石じゃ。が、じっさいには四十石も取れれば良いほうじゃ」

「それでは村に残る米は九石しか」

「不作ともなれば、年貢を納めることすらできん有り様じゃ」

「どうしてそのようなことが」

「四代前の庄屋が、過剰に申告しおったのじゃ」

愚かな話である。自分たちが不利になるようなことをどうしてしたのか。新左ヱ門には理解できない。

そんな息子の気持ちを悟ってか、義父が言葉を継ぐ。

「四代前の庄屋は、何事にも見得を張りたがる男じゃったそうじゃ。近隣の村に負けまいと、蟹沢村を大きゅう見せることに必死じゃったらしい。そんな男じゃから、いまでも村の者からは嫌われておる。当たり前じゃ。自分たちの苦しみの根源が、その男にあるのじゃからな」

「なんとかならぬのですか」

新左ヱ門の問いに、義父の溜息が重なった。

「年貢の見直しをしてもらえぬかと、儂が城に掛け合(お)うてみたのじゃが、なにせ領内の東の果ての小さな村のことじゃから、思うようにはゆかぬでな」

人の生き死にがかかっているのだ。そんな悠長なことは言ってはいられないはずだ。

しかし、武士の仕組みをまだよく知らない新左ヱ門には、どうすることもできない。ここで義父に当たっても仕方のないことなのだ。だから新左ヱ門は、不服を顔に表したまま、黙っていた。

「御主は、村のはずれから山の奥に入ってみたか」

とつぜん義父が聞いてきた。

「いえ。父上を見ておりました故、それ以外のことはなにも」

「そうか……」

つぶやいて、義父がまた茶を飲んだ。

「このままではどうしようもない。全員が腹を空かせて死ぬことになる。そう思った蟹沢村の者たちは、生きるために腹をくくった」

喉がごくりと鳴った。その音に自分で驚いて、新左ヱ門は激しく肩を上下させる。しかし義父は、そんな息子を気にも留めず、沈痛な面持ちで語り続けた。

「村から御船山へと入る小路の脇に、村人しか知らぬ獣道がある」

村に行った新左ヱ門ではあるが、どこのことを言っているか見当もつかない。恐らく村の中心よりずいぶん離れた所にあるのだろう。

「この道は村の者しか知らん。どこへも抜けることのできぬ道じゃ」

義父の言葉に不穏な気配が滲んでいる。新左ヱ門は相槌すら打てずに、全身を強張らせながら義父の話を聞く。

「獣道を進んだどん詰まりに、開けた場所がある。村人が総出で木を切り、土を均し、作った場所じゃ」

「まさか」

やっとのことで言葉を吐いた息子に、義父はうなずいた。

「御主は聡い。もうわかったと思う。村のはずれの人目につかぬような場所を村人が切り開いたということは、そういうことじゃ。さぁ、いま御主が思うておることを、申してみよ」

義父に言われて、新左ヱ門の胸が見えない力で押さえつけられる。義父の背後で行灯の火が、風もないのに揺れていた。火の光のなかに浮かぶ義父の顔の皮が蠢いて見える。

「どうした」

義父が急かす。

腹の底で重く固まっている言葉を、必死に喉から口へと運んだ。

「田を隠しておるのですね」

「そうじゃ」

うなずいた義父が、小さく笑った。

「隠しておるというても、二十反にも満たぬ。年貢を納めるだけで村の米を使い果たしてしまう村人たちが、喰うてゆけるだけの米しかできん」

米はじっさいに食べるだけではなく、庄屋などが街の商人に売って銭に換える。これも村にとっては大事な収入となる。

「隠し田など、どこの村でも器用にやっておる。どこも上手いこと隠しておる故、我等には見つからん」

御上に隠して米を作ることは、大罪である。見つかれば庄屋はただではすまない。下手をすれば殺されてしまう。それでも、領民たちが田を隠すのは生きるために仕方のないことなのかもしれない。

新左ヱ門には彼等の苦悩が理解できなかった。商家の四男坊の穀潰(ごくつぶ)しであっても、三度の飯に困ったことはない。もちろんこの家に来てからは、十分過ぎるくらいに喰わせてもらっている。

明日の喰い物に困るほどの苦しみとは、いかなるものなのか。さぞ大変なのだろう。大変だとは思うが、そこまでだ。それ以上の感慨はない。

「蟹沢村は知られてしもうた」

御上にだ。

「蟹沢村の代官であった上月何某(こうづきなにがし)という男に、蟹沢村の隠し田は見つかってしもうたのじゃ」

代官ということは、郡奉行である義父の部下だ。

「もちろん見つけた上月にとっては、手柄じゃ。此奴(こやつ)、欲の深い男での。上役に手柄を横取りされとうないと思い、密(ひそ)かに儂に告げにきおった」

「それで父上は」

湯呑みを手にした義父が、なかを見て溜息を吐いた。

「空になった」

言って立ち上がると、障子戸を開いて義母を呼んだ。廊下に現れた義母が湯呑みを取って消えた。先刻まで座っていた場所に、義父は戻ったが、続きを語ろうとしない。義母を待っている。その間、義父はじっと新左ヱ門を見つめているのだが、その目がやけに陰険だった。父はいったい上月何某をどうしたのか。そんな新左ヱ門の不安が、義父の顔を邪(よこしま)なものに見せているのかもしれない。とにかく、義父と視線を合わせられなかった。

そうこうするうちに義母が戻ってきた。障子戸をふたたび開いた義父は、茶を受け取る。渡された湯呑みはひとつ増えていた。

「ほれ」

そう言って新たな湯呑みを新左ヱ門に差し出す。それを受け取り、膝元に置くと、茶をすする義父を見つめる。

ひと息ついた義父に、新左ヱ門は問うた。

「蟹沢村の隠し田のことを密告した上月を、父上はどうなされたのですか」

「死んだ」

「えっ」

思わず上擦った声が漏れた。

「勘違いするな。二年ほど前に病で死んだのじゃ。いまは息子が代官を務めておる」

「あぁ……」

義父が紛らわしい言い方をするから、驚いてしまった。

「上月には黙っておけと命じた」

「上月殿にとっては手柄であったのでありましょう。納得いたしたのですか」

「代官の扶持とは別に、儂の懐から手当てを出しておった。奴が死ぬまでずっとな」

「蟹沢村のためにでござりますか」

義父はうなずいて、鼻の頭をかいた。

「あの村はそうでもせねば、生きてはゆけん。見殺しにするのは容易いが、領民を締め付けるばかりが武士ではない。もとはといえば、四代前の庄屋の見栄のせいであろう。村人たちは悪うない」

「しかし、このことが城に知れたら」

「儂は腹を切らされることになろうな」

あっけらかんと義父が言った。

「上月が死んで、蟹沢村の隠し田のことを知っておるのは儂だけになった。いや、御主と儂、そしてうちの婆さんの三人か」

婆さんとは義母のことである。やはり義母は、蟹沢村のことを知っていたのだ。

「御主には、いつかは話さねばならんと思うておった。それが少しばかり早まっただけじゃ」

折を見て話すと義父は言った。それは、新左ヱ門が家督を継ぐ時のことだったのかもしれない。自分が焦ったばっかりに、郡奉行になるという自覚すら芽生えていないうちに、重い荷を背負わされてしまった。

「蟹沢村の者たちは、儂が見ぬふりをしたことを恩義に感じ、毎年野菜を送ってくれる。どうしてもと言う故、祭りにも加わっておるのよ」

どうにか感謝の気持ちを伝えたいという蟹沢村の民の、精一杯の好意なのだ。それを義父は毎年律儀に受け取っているのである。

「なぁ、新左ヱ門よ」

「はい」

「蟹沢村のことは放っておいてやってくれぬか」

本当なら、城に注進するべきなのかも知れない。いや、注進するのが郡奉行としての務めだ。城の指示を仰ぎ、蟹沢村を処断する。領民を監督するために、郡奉行は存在するのだ。

しかし……。

大恩ある義父の頼みである。

蟹沢村のことを公にすれば、義父はただでは済まないだろう。義父自身も言ったように、詰め腹を切らされることも十分に考えられる。

蟹沢村のことは、正直どちらでも良かった。

たしかに領民たちの苦悩はわかる。喰えない苦しみというのも、相当なものなのだろう。しかし、もとはといえば庄屋が悪いのだ。石高を過剰に申告するような真似をするからいけないのである。どうして村人たちは、庄屋を止めなかったのか。本当に厄介だったなら、密かに殺(あや)

めてしまえばよかったのだ。領国の東の果て、山奥の辺鄙な村ではないか。殺してから病だなんだと届け出れば、御上も疑いはしなかっただろう。

問題は父である。

どうあっても父を死なせるわけにはいかなかった。

「どうじゃ新左ヱ門」

義父が沈痛な面持ちで言う。

新左ヱ門の答えは決まっていた。

家督を継いで二十年が経った。

領民想いの義父は十五年ほど前に、冥途へと旅立った。

新左ヱ門は今年もひとり、田に囲まれた道を歩む。

行く先は蟹沢村だ。

秋になると必ず一度は行く。妻には実家に戻ると告げている。義父のように、妻に告げるつもりはなかった。このような秘事を抱え込ませたくはないという想いからである。

義父より先に義母も鬼籍に入っていた。蟹沢村のことを知る者は、この世に新左ヱ門ただひとりとなっている。

蟹沢村の村人たちは、感心なほどに律儀だった。新左ヱ門が家督を継いで郡奉行になってからも、義父の時と変わらず節目節目にはかならず山のような野菜を役宅に届けてくれ、秋の刈り入れが終わったら、新左ヱ門を祭りに呼ぶ。祭りが行われる二日間は、まるで殿様にでもなったかのような歓待ぶりであった。いまでも涙ながらに礼を述べる老人たちがいる。そんな者たちを前にしていると、義父が行ったことがどれだけ偉大なことであったかを、まざまざと思い知らされた。

そして、義父の想いを受け継ぐことができて良かったと、心の底から思えた。

「ふぅ」

深い息をひとつ吐いて、額の汗を拭う。

村はまだまだ遠かった。

＊

父はなにかを隠している……。

目の前を歩く男の背を見つめる神谷幸之助(こうのすけ)は、心のなかでつぶやいた。

稲が刈り取られた田の間、はるか遠くを男がひとりで歩いている。茶渋の袴に紺地の羽織といういでたちが、良家の老武士然としていた。男は矍鑠とした足取りで、先を急いでいる。

父だ。

三百五十石、役料米八十俵。

それが父の俸禄である。

父は郡奉行である。

筑前二十八万石、大蔵家は、領国を五つに分けて各地域に郡奉行を置いている。主な仕事としては、郡内の各村の大庄屋や組頭らから年貢を徴収し、村内で解決できそうにない問題が起こった時に、裁定を下すというものだ。そのため城勤めの武士よりも、領民と接する機会も多い。

今回の遠出も、そんな郡奉行の務めの一環だ……。と、幸之助は思っている。

だが、釈然としない。

秋の巡察は済ませていた。巡察の時には、頭取から軽卒にいたるまで、数十人の者を引き連れて郡内を廻るのだが、今日の父はひとりだ。実家のある迎田に行き二、三日泊まると言って役宅を出て、すでに二刻あまりも歩いている。その足は、迎田へと続く街道を早々に逸(そ)れ、山しかない東方へとむかっていた。

いったい父はどこに行くというのか。

遠くに見える老武士にしては大きな背を見失わぬように足取りを整えつつ、幸之助は懐から手拭を取り出し、額の汗を拭った。

物心ついた時からずっと不思議に思っていたことがある。

毎年、年貢とは別に東の果ての蟹沢村から山のような野菜が届くのだ。訳を母に聞いても知らないと言う。郡奉行という職は、なにかと貰い物をするから、そのひとつであると思って母は疑いもしない。しかし幸之助は、毎年蟹沢村から届けられる野菜に、言い知れぬ違和を感じていた。

蟹沢村といえば、領国の東の果てにある小さな村だ。毎年郡奉行に作物を送るほどに、豊かな村ではない。それなのに、まるで決まり事のように、時期が来ると必ず役宅に作物が届けられる。山間の耕地もわずかな村のはずだ。そもそもそんなに作物が穫れるのか。穫れぬ物を持ってくるはずがない。

ならば買ったとでも言うのか。

作物も満足に穫れぬ村が、銭を持っているわけがない。

そこまで考え袋小路に陥り、疑いはますます深くなるのだった。

年を長じて、幸之助も妻を貰う歳になった。そろそろ家督を継ぐという話も出てきている。父は養子だ。息子に恵まれなかった祖父が、迎田の商家より娘の夫にと貰ったのである。武家の生まれではない。だからということではないのかもしれないが、息子の幸之助から見ても、父はどこか頼りなかった。誰に対しても笑顔で、怒ったところを見たことがない。温厚なだけで郡奉行が務まるのかと、不思議に思うのだが、それでも二十年近く平穏無事に務めているのだから、それなりに励んではいるのだろう。

温和なだけが取り柄の父なんかより、満足に役目を果たせる自信があった。

勝気な気性は母譲りである。曲がったことが大嫌いなのは、正直一本槍（いっぽんやり）の父から譲り受けた性（さが）なのだろう。

悪いものは悪い。

幼いころから幸之助は、とにかく善悪が明確になっていないと我慢がならなかった。

だからいま、父を追っている。

蟹沢村から作物が届くだけなら、わずかな違和を感じるだけで良かった。しかし幸之助の違和は、ある物を見た時、明確な嫌疑に変わったのである。

幸之助の家には、代々受け継がれた膨大な書き付けがあった。そこには郡奉行として監督するべき村がひとつの漏れもなく記されている。幸之助はそのなかのひとつを、父の留守を見計らい、盗み見た。

目的はただひとつ。

蟹沢村だ。

数代前から当代にいたるまでの庄屋の名前、そして幾度も修正されたであろう村人の数。田圃（たんぼ）の数と石高、年貢の料までもが克明に記されていた。

そのなかのある記述が目に留まる。

石高が記された場所に、ふたつの数字が明記されていたのだ。

五十二石六斗と六十八石九斗。後者の方が十六石も多い。

申し渡されている年貢は、三十一石。比率としては、前者の石高の方が正しかった。

幸之助は他の村にも目を通す。十数か所、適当に見つくろって確かめてみたが、蟹沢村のような記述はひとつもなかった。

十六石……。どうして父は、蟹沢村にかぎって、こんな妙なことを記したのか。

この書き付けは当主に伝わる物である。家族や配下の者は見ることはできない。

父と蟹沢村の間には、なにか秘密がある。

そんな幸之助の疑いを裏付けるかのように、父の足はどんどん蟹沢村のある御船山の方へとむかっていた。

秋とはいえ、まだまだ暑い。

すでに二刻半ほどの間、歩きづめだ。

家には、少し出かけてくると言っていた。このままでは帰りが夜になる。

父は蟹沢村にむかう。ここまで来れば間違いない。幸之助はそう判断した。

立ち止まる。

手拭で顔と首筋を撫(な)でてから、襟口(えりぐち)に差し込み、脇を拭いた。

「あとは直接聞いてみるか」

勢いよく息の塊(かたまり)を吐いてから、幸之助は踵(きびす)を返した。

「父上にお聞きしたきことがございます」

父の居室の障子戸を勢いよく開けて、幸之助は言いながら部屋に足を踏み入れる。なにやら書物を読んでいたらしい父は、言葉にならない声をひとつ吐き、良いとも悪いとも言わずに、息子を受け入れた。

父の前に座り、堂々と胸を張る。

「いきなりどうした」

気弱な父が、卑屈な笑みを浮かべながら問うてきた。そういういちいち小さいところが、幸之助の癪（しゃく）にさわる。幼いころから思っていたが、どうもこの父とは反（そ）りが合わない。

「私たちになにか隠しておられませぬか」

回りくどいことは嫌いだった。にらみつけるようにして父を見ながら、幸之助は部屋の外に聞こえるくらい大きな声で言う。

硬い笑みを口許に張り付かせながら、父が首をかしげた。

「わかりませぬか」

幸之助はなおも詰め寄る。

「なんのことかさっぱりわからん」

「お惚（とぼ）けになられますか」

「惚けるもなにも……」

残りの言葉をもごもご口中に留めながら、父が戸惑っている。しっかりせぬかと怒鳴ってやりたいという思いをぐっと腹に押し留め、幸之助は問いを重ねる。

「先日、父上は迎田に戻られましたな」

「うむ」

声が震えている。

動揺を隠せないのだ。

苛々する。

「ご実家は、御船山の麓にあるのですか」

父がはっとなって、目を見開いた。

「まさか幸之助、御主……」

「父上の跡を尾けておりました」

「なんと」

言葉を失ったまま固まっていた父が、いきなりうつむいて笑った。

「何故、お笑いになられるのかっ」

耐えきれずに大声を出してしまった。

父が肩を上下させながら、頬を引きつらせる。どこまでも卑屈。よくもこれまで、郡奉行などという大役を務めてきたものだ。幸之助はこれみよがしに溜息をひとつ吐いた。すると父は、疑り深そうな目で息子の顔を見上げ、ぼそりと言葉を吐く。

「儂も昔、同じことをした故、つい笑うてしもうた。すまぬ」

「同じこととは」

「御主の爺様の後を尾けて、蟹沢村に行ったのじゃ」

「やはり父上は蟹沢村に行ったのですね」

「なに」

「御船山の前で引き返しました」

「そうか……」

うつむく父が己の手の指を見つめる。左手の人差指の先にできたささくれをつまみ、引っ張った。一瞬、顔をゆがませ、人差指を口にくわえる。どうやら血が出たらしい。そういう些細な行動に、幸之助は言いようのない腹立たしさを覚える。

「蟹沢村の石高は五十二石でござりまするか。それとも六十八石にござりまするか」

「御主」

「書き付けを見ました」

ゆくゆくは家督を継ぐのだ。謝ることはない。そう開き直って、幸之助は胸を張ったまま父と向き合う。

声を荒らげることもなく、父は淡々と語る。

「見てしまったのなら仕方がない。ならば、御主にも話してやらねばなるまいな」

それから父は、蟹沢村と我が家にまつわる因縁を語り始めた。それは祖父の代に起こったことらしい。領民の苦悩などを父はくどくどと語っていたが、幸之助の頭に残ったのは、ただひとつの言葉だけだった。

隠し田。

蟹沢村は御上に内緒で、隠し田を持っている。そしてそれを、祖父と父は長年かばってきたと言うのだ。

「なんという話じゃ」

胸に溜まった怒りが、言葉となって幸之助の口から零れ出た。

「幸之助……」

息子のただならぬ顔色に、父が思わずといった様子で言葉を吐いた。幸之助は幾度も首を左右に振りながら、父を見つめ続ける。怯えた父が、わずかに腰を浮かせた。間合いを詰められるのを牽制するため、幸之助は声を吐いて父の動きを止める。

「領民を監督する奉行ともあろう者が、隠し田に気付いておきながら、咎めぬとは……」

「じゃから、それは」

「言い訳は見苦しゅうござりまするぞ父上っ」

毅然とした態度で言い放つ息子を前にして、父は明らかに動転していた。幸之助が怒るなど思ってもみなかったと言わんばかりに、目を泳がせている。それが信じられなかった。こんな話を聞いて怒る以外に、どんな選択肢があるというのか。

「父上は、祖父より蟹沢村のことを聞いた時、どのように思われたのでござりまするか」

「た、民の苦悩を想うよりも先に、わ、儂を拾ってくださった義父のことを想うた。儂が首を横に振れば、義父は咎めを受ける。それだけは避けねばならんと思うた」

「拙者にも、黙っていよと申されるのか」

「そっ、そうではないっ」

口から汚らわしい唾を吐きながら、父が必死に弁明する。しかしもはや、幸之助の耳にはなにひとつ父の言葉は入ってこない。

この男は郡奉行として、やってはならないことをやった。

この一事において、幸之助にとって、もはや父として尊敬するに値する男ではなくなっている。いや、思い返してみても、この男を尊敬したことなど一度もない。

男はなおも執拗(しつよう)に弁明しようとする。幸之助にすがりつこうと前のめりになりながら、情けない声を吐く。

「し、信じてくれ幸之助。儂や義父は、けっして私欲のためにやったのではないのじゃ。蟹沢村の領民たちの苦衷(くちゆう)を思えばこそ、儂等は黙っておったのじゃ」

「毎年、年貢以外の贈物を貰い、村に出向いて歓待を受けておったのでしょう。私欲はないなどと言い訳をしてはおられるが、利を得ておられたではないか」

言いながら、伸びて来た手を払う。

「利などと呼べるような物ではない。ほんの少しの作物と、祭りへの招待。それだけじゃ。他にはなにもない。信じてくれ……」

呆れ果てる。

幸之助は目を大きく見開いて、哀れな男を見下ろす。

「ほんの少しであっても、利は利。隠し田を見て見ぬふりしてやることの謝礼として送られる物ならば、米一粒であろうと汚れた利じゃ。そのようなこともわからずに、ようもこれまで郡奉行などという大役が務まりましたなっ」

「領民の苦悩を知り、皆の暮らしが立ち行くように導いてゆくのが、郡奉行の……」

「毎年、定められた刻限までに郡内の村々より一石漏らさず年貢を徴収する。領民に不埒(ふらち)な行いがあれば、代官、庄屋とともに沙汰を下す。それが郡奉行の務めにござろう。領民の苦悩や皆の暮らしなど、どうでも良い」

「御主は民がどうなっても良いと申すのか」

「罪を犯さず年貢を滞りなく納めさえすれば、あとは好きにすれば良い」

いまにも泣きそうな顔になって、父がなおも言葉を重ねる。

いい加減うんざりしてきた。

話すことなど、もうなにもない。この男は家族を騙してきたのだ。これから先、幸之助がすべきことは、母との話し合いだけである。

「不作が続き、民は日々の喰う物にも困っておる。御主は、年貢を納めさえすれば、あとは好きにすれば良いなどと申すが、好きにするような余裕もないのだぞ。御主は皆の苦しさがわかっておらぬ」

幸之助は溜息を吐き、冷淡な声で語る。

「父上には、民の苦しみというものがわかっておられるのですか」

「わかろうとしておるつも……」

「迎田の大商人の家に生まれて、不自由などなにひとつなく育たれ、郡奉行であった祖父の養子となり、そのまま家督を継がれた。喰う物に困ることなど、一度もなかったはずじゃ。そんな御方が、民の苦しみなどと語っても、なにひとつ拙者には響きませぬぞ」

「たしかに儂は……」

「父上は蟹沢村の者が御上に隠しておった田のことを知り、知らぬふりをなされておった。この一事がある限り、なにを申されたところで、言い訳にしか聞こえませぬ」

「こ、幸之助」

震える父の顔が、一瞬激しくぶれたと思った時には、幸之助の両肩を父の手がつかんでいた。

脂でぎらついた顔が、間近に迫る。

「御主はいったいなにを考えておるのじゃっ。よもや蟹沢村のことを城に注進いたすつもりではあるまいなっ」

「放してくだされ」

身をよじるが、思いのほか父の力は強く、肩に食い込んだ指は離れない。

「これは儂と義父が生涯をかけて守り抜いてきた秘事じゃ。家督を継ぐつもりなら、御主も受け継がねばならんことなのじゃ」

「受け継ぐべき秘事にござりまするか」

「そうじゃ、我が家の当主が代々守らねばならぬ秘事じゃ」

父の顔に悪辣（あくらつ）な笑みが浮かぶ。見開いた目は、たしかに息子をとらえているのだが、瞳は幸之助を見ていない。息子の頭の後方あたりの虚空（こくう）へと視線が定まっているようだ。

保身に躍起になるあまり、我を忘れている。

「良いか幸之助。これは秘事じゃ。蟹沢村のことは決して誰にも語ってはならぬ。郡奉行である儂と、その跡を継ぐ御主だけが知っておるべきことなのじゃ。わかったな。わかっておるな。え、幸之助。なんじゃ、答えろ。なにか言わぬか、息子よ。ぬふぃいっ」

か細い声を吐いて父がくの字に折れて、のたうち回っている。狙いすました当身（あてみ）で、鳩尾（みぞおち）を突いたのだ。しばらくは立てないはずだ。

汚らわしい姿を見下ろしながら、幸之助はゆっくりと立ち上がった。

「秘事じゃなんじゃと騒がれたところで、悪事は悪事。罪人の片棒を担ぐ気はありませぬ」

「ま、待て」

畳の上に転がったまま、父が手を上げる。

小さく揺れる掌を、白足袋に覆われた爪先で蹴り飛ばす。

「これからのことは母上と相談いたします故、今宵はこのあたりで」

障子戸を開いて廊下に出る。

「待て幸之助っ。待ってくれ……」

父は障子戸が閉まるまで這いつくばっていた。


床の間に飾られた紅葉の軸を背に、母は細い目をいっそう細めた。

「なるほど……」

皺だらけの白い首に筋がくっきりと浮いている。感情を表に出さない母が怒った時の合図であった。幸之助は幼いころから、この首筋を恐れている。怒った母は誰にも止められないのだ。

蟹沢村のことを全部話した。

夫や父がやってきたことを、眉ひとつ動かすことなく聞いた母は、最前の言葉を吐いて首に筋を浮かび上がらせた。

鷹の爪のごとく細く尖った指で白い湯呑みを手にすると、右の眉をひくひくと痙攣させながらひと口すすった。そして、幸之助を見ながら酷薄な口調で言う。

「秋になると、私の父も其方の父もどこか落ち着きがなくなりました。そして幾日か外出すると、また元通り。母はなにか知っておったようなのですが、私はいまのいままで知りませんでした。そうですか……。そんなことがあったのですか」

淡々と語っているが、声が微細に揺れている。怒りを押し殺している時の母の声は、幸之助の背筋に悪寒を走らせるのに十分過ぎるほどの殺気をたたえていた。

「そうですか……。そうですか……。あの人はそんなことを……」

うつむいた母が、くく、と短く笑った。そしてすぐに幸之助へと目を戻す。

「当家を守らねばなりませぬ」

「では父上を」

「所詮は商人。ここまででしょう」

「承知仕りました」

幸之助は深々と頭を下げた。

郡奉行、神谷新左ヱ門は、蟹沢村の隠し田を秘匿した罪により切腹を命じられた。蟹沢村の代官は役儀取り上げ。蟹沢村の庄屋にも科銀十両が命じられた。

神谷新左ヱ門の息子、幸之助は、父の罪を訴え出たことにより家督を継ぐことを許された。その後、幸之助の手によって、神谷家に代々伝わる書き付けの蟹沢村の石高は、六十八石九斗のみに修正される。

しかし、それでも蟹沢村が潰(つい)えることはなかった。

鴨

どいつもこいつも好きなことを言う……。

手にした盃に満ちた酒をにらみつけて、菱屋太兵衛は心のなかで毒づいた。目の前では三人の男が、太兵衛を囲むようにして盃を傾けている。どの顔も二十数年見続けてきたものだ。ともに若旦那と呼ばれていたころからの付き合いであった。京には呉服屋は腐るほどある。四人の家は、代々呉服や反物を商う商人だ。父の代、いや何代も前から深い付き合いのある店同士、太兵衛の代になってもその関係は変わらない。持ちつ持たれつ。これまでずっとそうやってきた。

店の者たちは太兵衛を主として扱う。どれだけ親しい贔屓の客であっても客は客だ。店の者も客も、太兵衛が本音を曝け出す相手には決してならない。目の前の三人とは、本音で語らうことができる。

この三人以外に本音を語ることができる相手といえば、あの女しかいなかった。心底惚れていた女だ。

寝取られた。

挙句、殺された。

人伝に聞いた話では、首を斬られ、頭が皮一枚で胴に繋がっていたという。なにが起こったのかさえわからずに、あの女は冥途へと旅立ったのだ、苦しまずに逝けたのではなかろうか。ならば、さほど悪い死に方でもあるまい。女の死に様を聞かされた時、太兵衛はそんなことを考えていた。なにを呑気なことをと、心のなかの別の己が自嘲気味につぶやいていたのだが、心の中心に居座っていた太兵衛は、どこか他人事のように女の死を捉えていたのである。

嫌いになったわけではない。恨んでもいない。ましてや邪な想いを抱いて、当然の報いだなどと吐き捨てる気には到底なれなかった。

御免なさいとただひとこと言ってくれさえすれば、いまでも太兵衛は許すだろう。たとえ幽霊になって現れたとしても、あの女が謝ってくれさえすれば、涙を流して受け入れるつもりだ。

しかしあの日から、あの女は夢に現れなくなった。

太兵衛のなかであの女が死んだのは、殺されるよりもずっとずっと前のことだ。太兵衛のなかで死んだ日から、あの女が夢に現れたことはない。

「まぁ、言うてみれば……」

正面に座る四角い顔をした男が、太兵衛の顔色をうかがうようにして言った。

「当然の報いやろ」

太兵衛の心を見透かしたかのごとく、男はそう言って盃のなかの酒を一気に呑み干した。それから温くなった徳利を手に取って、空になった盃に寄せて傾ける。男の名は仁衛門といった。確かめる術はないが、仁衛門の店に伝わる来歴を信じれば、鎌倉殿のころから都で反物を商っている老舗の当代である。

「だってそうやろ」

酒を満たした盃を朱塗りの膳に置き、仁衛門は大袈裟な素振りで両腕を広げた。そして太兵衛の顔を正面から見据えて、眉尻を吊り上げる。

己は怒っている……。

そう顔で知らしめようとしているのだ。味もわからぬころから酒席を共にしてきた仲である。仁衛門がなにを考えているのかなど、手に取るようにわかる。

「お前という者がありながら、他の男んところに通うとったんや。それも一度や二度やない。お前も知っとったんやろ」

知っていた。だからどうだというのだ。止めさせられるくらいなら、あの女が死ぬ前に止めさせていた。あの家に通うのは止めろとはっきり言えたなら、あの女は死なずに済んだはず。

が……。

だからといって、太兵衛の元に戻って来ただろうか。あの家に通うのを止めさせて、次の日から何事もなかったように、過ごせただろうか。

自信はない。

いや、そもそも太兵衛には、あの家に通わせることを止めさせるような度胸などなかったのだ。心底惚れて、周囲の者の反対を押し切ってまで身受けした女を取り戻すことよりも、己の命の方が可愛かった。殺されたくないという一心で、太兵衛は見て見ぬふりをしたのだ。

なにも答えない太兵衛を、怒りの色を滲ませた瞳でにらみつけ、仁衛門は小さな溜息をひとつ吐いた。そして、まぁお前の気持ちもわからんでもないけどな、とつぶやいてから盃の中の酒を一気に呷った。酒気の満ちた息を分厚い紫色の唇の間から漏らしながら、浅黒い商人は続ける。

「お前があの女に惚れとったんは、ここにおる者はみんな知っとる」

言ってから左右に座るふたりに目をやる。ふたりは目を伏せ、かすかにうなずく。それを確かめると、仁衛門は納得するように何度か大きく四角い顎を上下させてから、ふたたび太兵衛を見た。

「お前の真心を知っとるから、儂は当然の報いやと言うとるんや。お前がそうやって苦しそうな顔をしとると、儂まで辛うなる。せやから、当然の報いやとでも思うて、さっさと忘れてしまえと言うとるんや」

あぁなのか、うんなのか、とにかく曖昧な返事をして、太兵衛は掌中の盃に目を落とした。すっかり冷めてしまった酒が、手の震えを感じて緩やかに揺れている。寒くはない。なにかが怖い訳でもない。もちろん怒っているはずもなかった。なのに太兵衛は震えていた。己でもわからないのだが、三人を前にしてからずっと、太兵衛は震えている。いや、もしかしたら一日じゅう震えているのかもしれない。店の者は気を使い、客たちは見て見ぬふりをし、太兵衛に報せぬようにしていたのかもしれなかった。わからない。とにかく太兵衛は、いまこの時、初めて己が震えていることに気付いた。

あの女の所為かもしれない。

店の者や贔屓の客に囲まれていると、あの女のことを話すことはないし、考える暇もない。太兵衛自身も考えないようにしてきた。だから、あの女のことを想うのは久方振りのことである。

「あの」

太兵衛の右隣、仁衛門から見て左に座る青白い細面の男が、おもむろに口を開く。日頃から声が小さいのだが、この時はよりいっそう小さかった。聞こえたのは太兵衛だけのようだった。仁衛門ともうひとりは、男の声に気付かずに空になった己が盃に酒を満たしたり、うつむいたまま皿のなかの豆をひとつずつ箸でつまんで食い続けている。

か細い声を発した男を太兵衛は見た。

紀之助は生糸問屋の二代目だ。新興ではあるが、ずいぶん繁盛している。先代が紀州の生まれであったらしく、紀之助の息子たちの名にも紀の字が入っていた。

太兵衛の視線に気付いた仁衛門たちが、紀之助を見る。細面でいかにも病弱そうな生糸問屋の二代目は、ひとつ小さな咳をしてから太兵衛に問うた。

「壬生の方からは誰も来ぇへんかったんか」

「八木家からは……」

「いやそっちじゃのうて」

太兵衛の言葉を掌でさえぎってから、紀之助は一度ごくりと喉を鳴らして続ける。

「狼の方」

「あぁ……」

答えてから太兵衛は、みずからの盃に酒を注いだ。仁衛門たちも、答えを待っている。三人の目が太兵衛を捉えて離さない。

「来た」

「来たか」

芝居っ気たっぷりに仁衛門が声を重くして言った。

「近藤と土方いうんが来た」

あの男が死んで、壬生に住まう狼どもの頭と二番手に収まったという男たちである。あの男が生きていたころから、近藤と土方はいまの立場にあったらしい。あの男の生前は、どうやら狼どもの頭はふたつあったようなのである。それが晴れてひとつになったのだ。

近藤と名乗った狼の面を思い出す。武士であるくせに、どこか百姓を思わせる風情があった。太兵衛は商人である。人の顔を見れば、その者がどういう生き方をしてきたのか、おおよそのことはわかるつもりだ。近藤という男は、武士だと名乗ってはいるが、性根は百姓である。もしかしたら生まれ自体が、百姓であるのかもしれない。とにかく近藤という男は、土の匂いを感じさせる朴訥な顔をしていた。そこまで思ってから、太兵衛は正面に座る仁衛門に目を向ける。顔の造作だけを見れば、近藤に似ていなくもない。そう思い笑いそうになったが、場が場であるだけに腹の底で可笑しさをぐっと押し留めた。

「なんて言うて来たんや」

黙り込んでしまったこの家の主に苛ついた仁衛門が、先をうながすように問う。壬生の狼がなにを言ったかなど知ってどうするのか。知ったからといって、仁衛門の生涯にどんな益があるというのか。ない。ひとつもない。ならば聞く必要もなかろうに、仁衛門はまるで己が身の一大事だといわんばかりに、眉間に深い皺を刻んで太兵衛をにらんでくる。

「今度はこちらの家にも御迷惑をおかけいたしましたと言うて、金を置いて行きよった」

あの男が持って行った品物の代金にくらべれば、雀の涙ほどの金であった。しかし、こんな物じゃ全然足りぬと啖呵を切るような度胸はない。太兵衛は口許を緩く吊り上げて、へらへらと笑いながら紫色の袱紗の上に置かれた紙包みを受け取った。

狼たちとはそれきりである。

「それだけかい」

声に怒気を孕(はら)ませながら、仁衛門が問うてくる。太兵衛に怒ってみせたところで、なにも始まらない。怒るのなら、狼たちの前で堂々と怒ればよいではないか。太兵衛に怒りをぶつけるのはお門違(かどちが)いもはなはだしい。

「それだけや」

ぶっきらぼうに答えると、太兵衛は膝元(ひざもと)の膳に並んだ肴(さかな)のなかから鯛(たい)の昆布締(こぶじ)めを選んで口に運んだ。あの女を弔(とむら)う席であるというのに、生臭(なまぐさ)が膳に並んでいることに対し、飯炊きの下女たちに対する嫌悪の情が湧く。海のない京では、昆布締めであってもそれなりに高価である。なにもこんな席で出さずともよかろうと思う。しかし彼女たちは仁衛門たちの到来だけを知らされたわけで、太兵衛の嫌悪はお門違いなのである。これでは目の前の反物屋の主と一緒ではないか。そう思うと、自分が情けなくなった。

「なに笑(わろ)うとるんや」

太い眉を歪(ゆが)めながら仁衛門が言った。太兵衛はどうやら笑っていたらしい。

笑いたくもなる。

「なにが可笑しいんや」

あまりにも不甲斐(ふがい)ない己が可笑しいだけだ。

「お前、壬生狼(みぶろ)どもになんも言うてやらんかったんか」

言ってどうなるというのか。相手は江戸から来た得体の知れない狼なのだ。同じ巣に住む仲間であろうと、邪魔になったら食い殺す。そんな人外(じんがい)の獣なのである。闇夜でいきなりばさりといかれた後では、文句を言うこともできないではないか。

だから黙っていたのだ。

あの女を寝取られても……。

いきなり左から勢いよく鼻水をすする音が聞こえた。仁衛門が怒りの眼差(まなざ)しを、音がした方にむける。

「なに泣いてんねん」

話をはぐらかされ、怒りの矛先を今度は丸顔の小男にむけた。豆のように丸い顔をした男は、鼻水をすすりながら煮豆を箸で器用にひとつずつつまみ、口に入れている。

「なんやねん留吉(とめきち)」

仁衛門に名を呼ばれた小男は、太兵衛と同じ呉服問屋の主である。同じ品物を扱ってはいるが、留吉の店と太兵衛の店は昔から互いに助け合ってきた間柄である。

涙もろい小男は、ひとしきり豆を食ってから箸を置いて両手を膝に載せた。それから一度ぐすりとわかりやすく洟(はな)をすすってから口を開く。

「お梅(うめ)さんが可哀(かわい)そうや」

あの女の名である。

「なに言うてんねん」

右の眉尻を思いきり上げ、仁衛門が吐き捨てた。留吉は四角い顔をした反物商には目もくれず、膝に置いた手の甲を見つめて震える声を吐く。

「俺ぁ芹沢鴨っちゅう男のこと見たことあんねん。ありゃ鬼や。仁衛門よりもでかい図体しおって、金棒みたいな刀差しとった」

芹沢鴨。あの男の名だ。奴は鬼ではない。天狗だ。俺は水戸の天狗じゃ、尽忠報国の志を抱く天狗様じゃと、鴨が言ったのを聞いたことがある。

しかし、太兵衛にとっては、鴨は鬼でも天狗でもなかった。お梅を奪った間男である。どれだけ厳つい形をしていても、どれだけ強かろうと、太兵衛にとって鴨は人の妻を掠め取る卑しい盗人なのだ。

「あんな男に手籠めにされて、お梅さんが可哀そうや」

「自分から通うとったんやろ」

太兵衛のことなど忘れたかのように、仁衛門がぞんざいに吐き捨てた。留吉は己の手を見つめたまま、ふるふると首を左右に振る。

「そんな訳あるかい。あんな鬼のような男に乱暴されたら、お梅さんみたいなか弱い女は、逆らうことができんやろ。自分から通うとった訳やない。脅されとったんや。自分の命やあらへん。たぶん太兵衛と、この店を質に取られとったんやろ」

「そんなこと……」

仁衛門が吐こうとしていた言葉を止めて、太兵衛を見た。その目には最前のような怒りはなかった。

己に答えを求めてどうする。仁衛門にそう言ってやりたい。お梅は望んで通ってたんだと太兵衛が答えれば納得するのか。死人を貶めるようなことを言う気はない。ならば留吉を喜ばせるために、望んでいなかったと答えてやろうか。それとて、留吉が仁衛門に対して得意になるだけで、太兵衛の気が晴れるわけではない。

太兵衛は当然、真相を知っている。

お梅は望まずに鴨のところへ行った。

そして、みずから望んで通った。

三人に語るつもりはない。いや、これから先、誰に聞かせる気もなかった。

己を見つめる知己にむかって微笑を浮かべ、太兵衛はわずかに首を傾け、さぁとだけ答えた。

どっちつかずな返答に、仁衛門は不服そうに鼻を一度鳴らしたが、だからといって厳しく詰問できるような話題ではない。もごもごと口中で言葉を転がしながら、酒を呷って腹中に呑みこんだ。

留吉はまだ泣いている。お前の妾が死んだわけでもなかろうに。まさか惚れていたのか。

いや、この真っ正直な男は、お梅の末路を思ってただただ泣いているのだ。

「もう止せ」

うんざり顔で仁衛門が留吉に言う。そして横目で太兵衛を見て顎で指し示す。

「旦那同然だった男が泣いていてへんのに、お前が泣いてどうすんねん」

旦那同然……。

その通りだ。

お梅は妻ではない。

妾である。

妻はすでにこの世にない。後添えのつもりだった。しかし父の兄弟やら、祖父のころから付き合いのある贔屓筋などから、島原の酌婦が大店菱屋の奥になるのはどうであろうかと、会う度に言われた。皆はっきりとは言わない。太兵衛がいいのなら、好きにすればいい。と言ったあとに、だが、と続けるのだ。そうして決まって憎まれ口が始まる。体面や評判という店のことだけにとどまらず、会ったこともないお梅の気性や素性にまで苦言は及んだ。あの女は下賤であるから菱屋には似つかわしくないと、はっきりと言われた方が清々する。言葉を濁すが、誰もがこちらの底意を悟れと強要していた。そのくせ太兵衛自身に決断を任せる。卑怯だ。無責任だ。お前の人生ではあるまいに。太兵衛の腹中には、有象無象に対する怨嗟が渦巻いた。

太兵衛は決断した。

妾。

それが太兵衛が出した結論だった。親類も贔屓筋も誰ひとり文句を言う者などいない結論である。

お梅は寂しそうに笑っていた。恨み言をひとつも口にせず、ただ笑ってうなずいた。

「私なんかがお店におって、太兵衛はんの奥さんみたいな顔してたら、店の人たち怒らはりますやろ。当たり前や。島原から来た女が、なにもわからんくせになんか言うたら、誰でも嫌んなるわ」

明るくそう言って笑ったお梅の顔を、太兵衛はいまでもはっきりと覚えている。美しいとか愛おしいとか、そういうことは思っていなかった。いや、通り越していた。お梅を想う気持ちが身中で爆ぜ、太兵衛はなぜか大声で泣きながら力一杯抱きしめていた。

「惚れとったんやな」

右方から聞こえてきた声で我に返った。気が付いた太兵衛の、手にしたままの盃にむかって徳利が掲げられている。紀之助だ。

「今日は呑もうやないか」

言って太兵衛の盃に酒を注ぐ。

「なぁ、今宵は明るくやろうやないか」

紀之助が盃を上げた。仁衛門と留吉もそれに続く。

細い紀之助の目が、太兵衛を見る。

「ほら、もう一度乾杯や。お梅さんは明るく呑むんが好きやったやろ。そないに辛気臭うならんと、楽しく呑もうやないか。なぁ太兵衛」

お梅の暮らした妾宅で、四人で集まったことも二度や三度ではない。三人はお梅を妻だと認めてくれていた。仁衛門にいたっては、頭の固い親類や贔屓筋に腹を立て、自分が談判に行ってやろうかとまで言ってくれたのである。

太兵衛は盃を上げた。

「お梅さんに」

紀之助がいっそう高く盃を上げ、三人もそれに続いた。紀之助が注いでくれた酒を、太兵衛は一気に喉の奥に流し込む。呑み始めて半刻あまり。すでに程よく酔っている。顔がほてり、本来ならばいい心持ちになっているはずのころであった。なのに頭に浮かぶのは、暗い想いばかり。どれだけ皆に励まされようと、慰められようと、太兵衛の心を覆っているのはやり場のない怨嗟の闇だった。

きっかけは鴨だった。

あの男がふらりと店に来たのが、すべての始まりだった。

都の治安を守る浪士組の頭だと名乗った鴨は、誰のおかげで店を開いていられるのかと番頭たちの前で問うたという。たしかに近頃、町には素性定かならぬ浪人どもが跋扈している。尊王攘夷などと己自身でもよくわかっていない題目を唱えながら、そこここで悪さを働いている。強請集りに誘拐強姦と、それこそやりたい放題であった。

そんな不逞浪士たちを取り締まってくれるのなら、きっと良い侍なのだろうと思っていたのも束の間、鴨は店の物を適当に見繕い、そのまま宿所に戻っていった。一度ならず二度三度。こちらが下手に出ているのをいいことに、まるで己が家の蔵かのごとく、思うままに品物を持ってゆく。手代が金を要求すれば、家財をなげうち尽忠報国の士に尽くしてこその民であろうと、訳のわからぬ言い訳をして鉄扇をちらつかせる。不逞浪士を取り締まると言いながら、やっていることは奴等となんら変わらない。

溜まりに溜まった借財を回収しに、幾度か手代を赴かせたが全然話にならない。のらりくらりとかわすだけならまだしも、最後は刀を手にして怒鳴って威す。いくら都の老舗の手代といえど、抜き身を見せられれば敵わない。這う這うの体で逃げてくる。

しかたなく太兵衛が赴く。

「主みずから斬られると申すか。面白い。御主が死んだ後の店は、儂が面倒見てやろうではないか。さぁ、庭の方をむいてそこの縁側に座って、頭を前に垂れろ。儂みずから介錯してくれよう」

御冗談をと太兵衛が笑うと、鴨はそれこそ悪鬼のごとくに顔を赤らめた。

「武士が冗談で斬るなどと申すわけがなかろうっ。斬ると言ったら斬るっ」

すっくと立った鴨は大股で太兵衛の前まで来ると、首根っこをつかんでそのまま縁まで引き摺った。膝を折って座らせると、野太い腕で太兵衛の体を前に曲げ、おおきな掌で頭の後ろをつかみ、ぐいと下に押した。

「動くなよ」

重々しい声を吐いた鴨が縁に立って、腰の刀に手をかける。かちと鯉口を切る音が聞こえたことは太兵衛も覚えていた。しかしそれから先のことはまったく思い出せない。気付けば、お梅がいる妾宅で柔らかい膝に顔をうずめて泣いていた。死ぬかと思うた、もう嫌や、ありゃ人やないなどと散々に鴨の悪口を言いながら、母に告げ口をする子供のように太兵衛はひたすらに泣いた。

「せやったら、私が行ってみましょか」

お梅がそう言った時、太兵衛は驚いて膝にうずめていた顔をくるりと反転させた。太兵衛を見下ろすお梅は、妻ではなく妾だと言われた時と同じように笑っていた。

「ほら、男はんよりも女子の方が物腰も柔らかいし、どない鬼みたいや言われとる人でも、少しは気を緩めるんやないでしょうか」

島原で多くの男を見てきたお梅を、太兵衛は信用していた。この女は己を選んだのだ。大勢の男たちのなかから、菱屋太兵衛を選び、ここで笑っている。太兵衛と鴨は男であるということ以外、まったく似通っていない。というより正反対である。武士と商人という生まれだけが、ふたりを隔てているのではない。おそらく生き方そのものが対極なのであろう。あと数年で四十になろうとする太兵衛ではあるが、これまで一度として荒事に遭遇したことがない。遭遇すらしていないのだから、みずから拳を握ったことなどある訳がない。太兵衛を選んだお梅が、鴨に惚れはしないはずだ。思えば太兵衛は、その時からお梅が寝取られるという疑念を抱いていたのである。

「おい太兵衛っ」

正面から罵声じみた大声を浴びせられて、太兵衛の体が激しく跳ねた。尻から飛びあがって座布団に着地したのだが、己の体の重さを支えきれずに後ろに仰け反り、なんとか片手を後ろに突いて倒れるのだけは堪えた。

「大丈夫かい」

声をかけた張本人であろう仁衛門が、心配そうに問う。鴨のことを考えていたから、怒鳴られた刹那、仁衛門の声があの男のものに聞こえたのだ。

「な、なんでもあらへん」

強張った笑みで頬を引き攣らせながら、太兵衛は四角い顔に答える。仁衛門は、そうかいと小さくつぶやくと、下から覗きこむようにして太兵衛の顔を見た。

「なんや」

武骨な仁衛門のらしくない態度に、幾分苛立ちを抱きながら太兵衛は問う。すると長年の友は、言葉を細切れにしながら答える。

「いや、なんや、今日は、どうも、お前……。おかしいで」

同調するように留吉がうなずいて、いまにも零れ落ちそうなほどに真ん丸な目を太兵衛にむける。

「仁衛門の言う通りや。太兵衛、お前、今日はなんやあったんか」

あったといえばあったのだろう。

今日ではない。

七日前だ。

お梅が死んだ。

お前たちも知っているではないか。

お梅が死んだ。それ以外になにがある。太兵衛の時は、お梅が死んだ日から止まっているのだ。周囲の者は動いている。店も開くし客も来る。日は昇れば沈むし、沈めば再び昇るのだ。太兵衛の皮の外にあるものは、刻一刻と行く末にむかって進んでいるのだが、皮の裡にある肉や骨、腸もなにもかも、お梅がいなくなった日から、太兵衛の時は止まっている。

驚くことではなかった。

なぜなら太兵衛の時は、お梅が死ぬかなり以前から徐々に緩やかになっていたのだ。それが止まっただけだ。太兵衛にはなにひとつ支障はない。こうして普通に受け答えもできるし、店を切り盛りするのは番頭や手代たちだ。主である太兵衛は、求められた場でそれ相応の対処をすれば事足りる。

「なんや、どうしたんや太兵衛」

苛立ちを露(あら)わに、仁衛門が眼下の己が膳を脇に寄せて膝を滑らせる。畳の上を滑らかに進み太兵衛の前まで来ようとした。しかし今度は太兵衛の膳が邪魔だった。避(よ)けようと手を伸ばした仁衛門の動きに合わせるように、太兵衛は己の膳が動かぬようにつかんだ。

仁衛門が太兵衛を心配するように眉根を寄せる。

「ほんまにお前、おかしいで。心ここにあらずっちゅう感じや」

たしかにここに太兵衛の本当の心はないのかもしれない。虚(うつ)ろだという気はする。でも己がこの場に座っていることは、頭では理解できていたし、三人と酒を呑んでいることもわかっている。心がここにない訳ではない。薄くなっているのだろう。

「お梅さんのことはたしかに残念やった。せやかて、あの女は最後の方は自分からあの侍とこに行ってたんやろ。留吉は違う言うが、本当に嫌やったんなら、妾宅を出てこの店に転がりこむこともできたはずや。いくらあの男でも、店襲うて奪うような真似(まね)はせぇへんやろ。ここに逃げればよかったんや。お梅さんは頭のええ女や。そんな簡単なことがわからんわけないやろ」

いったい仁衛門はなにが言いたいのか。

だからお梅は、喜んで鴨のところに通っていたのだ。そんな女のことはさっさと忘れてしまえ。そう言いたいのか。

おおきなお世話である。

仁衛門に言われる筋合いはない。幼いころからの友だといっても、言っていいことと悪いことがあるだろう。仁衛門は親身になって励ましているつもりだろうが、言葉にいっさいの配慮がない。口調や態度で心配しているように見せかけてはいるが、吐き出す言葉に本音が透けて見えている。

そうだ。仁衛門の言う通りだ。たしかにお梅は喜んで鴨の元に通っていた。

「なんや強い顔した御侍さんどしたが、こちらの話もちゃんと聞いてくれはりましたえ」

鴨が住む壬生の八木源之丞邸に行って戻ってきた最初の日、お梅はにこやかに笑った。その時のお梅の顔は、太兵衛の心配に対する答えとしての笑顔だった。他意はない。お梅の微笑む頬がわずかに強張っていたのは、店の者や太兵衛が恐れる鴨と無事相対することができたという安堵からだったのだろう。

「私が話せばなんとかなるんやないかと思うんどす」

太兵衛の膝を撫でながら、心配せんでええと言うお梅は、自分も店の役に立つことができるというところを見せたかったのだ。だからあれほど熱心に、鴨の元に通うと言ったのだ。あの時はまだ、お梅は鴨のことを、がさつで無礼な浪人程度にしか思っていなかったはずである。

二度三度とお梅は鴨の元に通った。

「また駄目どした」

「今日は留守どした」

「代金を払ってへんことは忘れてへん言うてはりました」

「ちゃんと払う言うてくれはりました」

八木邸から戻ってくる度に、お梅は少しずつ進展してゆく鴨との交渉を、嬉しそうに語ってくれていた。

鴨は次第にお梅に心を開いていったのだ。

いや……。

それすらも策だったのかもしれない。

いまさらくどくどと考えたところで仕方ないのだ。すべてが初めから決まっていたような気がしてならない。お梅を鴨に会わせた時から、今宵のこの席すらも定められていたのではないのか。

「太兵衛」

右方で呼ぶ声がした。紀之助である。細い顔が心配そうにこちらを見ている。

「儂等と呑むのは、しばらくええんやないか。今日のところは……」

「いや」

太兵衛は激しく首を振る。三人が目障りであるくせに、ひとりになるのは嫌だった。つとめて明るく笑いながら、太兵衛は紀之助たちにむかって陽気な声で語りかける。

「呑んでくれ。肴が無うなったらいくらでも運ばせるよって」

「いや、でも」

「頼むわ。ひとりにせんとってくれ」

本心からの言葉だった。太兵衛のことを慮る紀之助が、声を失い仁衛門と留吉に目をむける。痛々しいという言葉を吐く代わりに、長年の友は一様に顔をしかめた。言葉をかけることをためらう紀之助の代わりに、仁衛門が穏やかに太兵衛に告げる。

「まぁ、お前がそこまで言うんやったら、儂らはとことん付き合うたるわ。なぁ」

言って仁衛門は左右の友を交互に見る。それから分厚い胸を拳で叩いて、声を張った。

「お前と儂らは、お梅さんよりも長い付き合いや。お前がどんだけ荒んだって見捨てたりせぇへん。心配すんな」

「おおきに」

太兵衛は仁衛門たちに頭を下げた。

鴨との折衝の度に明るく報告するお梅にも、太兵衛はいまのように頭を下げた。その度にお梅は首を強く左右に振って「旦那さんの役に立てて、私は嬉しい思うとるんどす。そないに頭下げんといておくれやす」と言って、太兵衛の手を強く握ったのだ。

お梅の掌（てのひら）の冷たさを思い出す。手の冷たい女は情に篤（あつ）いという。お梅は本当にそんな女だった。

六度目……。

いや七度目であったか。

八木邸から戻ってきたお梅の様子がいつもと違っていた。妾宅を訪れる太兵衛のために、いつものように十分過ぎるぐらいの肴と酒を用意して笑顔で待っていたのだが、どこか言葉の端々（はしばし）にかすかなよそよそしさを感じた。

「いつもと変わりませんでしたえ。鴨はんは返す返すと言わはりますが、財布を出したことは一度もあらしまへん」

〝鴨はん〟と言った時、笑みをかたどるお梅の目尻がひくりと震えた。

なにかあった……。

太兵衛は確信めいた想いを抱いた。

「大丈夫か。辛（つろ）うなったんなら、もう止めてええんやで。鴨につけとる金なんぞなくても、どうってことあらへん。あんなんははした金や」

焦りが早口にさせた。一気に言い終えた太兵衛に、お梅はやはり強張った笑みで答えた。

「もう少し頑張ってみてもええですか」

あの時、否（いな）と言えばよかったと、いまでも太兵衛は後悔している。いやもし、もう八木邸に通うのは止せと言ったとしても、お梅は聞いてくれただろうか。

あの日、お梅は手籠めにされた。それは確信に近い。惚れて惚れて惚れ抜いて、周囲の反対を押し切ってまで妾にした女だ。些細な変化の原因がわからぬ訳がない。

気丈に答えたお梅は、それからも鴨の元に通った。手籠めにされてから数回は、お梅自身も耐えていたのだろう。太兵衛の役に立ちたい。鴨につけている代金を取り立てたなら、店の者や贔屓筋も認めてくれるのではないか。妾ではなく、太兵衛の後添えとして菱屋の敷居を跨げるのでは。そんな健気な想いがお梅を動かしていたのかもしれない。

すべては太兵衛の独りよがりの推測だ。わかっている。しかしその一方で、悪しき想いが闇から太兵衛にささやく。

無理矢理であったが、心ではないところでお梅は鴨に抗えなかった。太兵衛のためにと必死に念じながらも、お梅の女が鴨を求めた。そう考えることもできるのではないか。

どちらでもいい……。

いや、どちらでもいい訳がない。

お梅は太兵衛のために鴨の元に通ったのだ。

少なくとも、あの日までは……。

忘れもしない。あれは、お梅の態度がおかしかった日から数えて、五度目に八木邸を訪ねた時のことだ。

お梅は太兵衛にそのことを報せなかった。

なぜか胸騒ぎがして、夕刻まだ奉公人たちが仕事をしている最中であるというのに、ひとりで店を出てお梅の妾宅に出向いた。なにがあったという訳でもない。お梅の姿を見たという話を誰かに聞いた訳でもなかった。だがとにかく一刻でも早くお梅に会いたかった。会ってあの笑顔を見なければ、心のざわつきは治まらない。汗みずくになりながら、太兵衛は走った。

偶然とはこういうことを言うのだろう。

お梅が小さな門を潜るところだった。

「あっ……」

悪さがばれた子供のように、一度小さく震えたお梅は小さな声を吐いて止まった。

「どこに行くんや」

「ちょっとそこまで」

問うた太兵衛から目を逸らし、うつむき加減でお梅は短く答えた。

壬生だ……。

わかっていた。しかし、気の利いた言葉をかけることができなかった。そんな不甲斐ない太兵衛の脇を、目を伏せたままお梅は通り抜け、小路の角を折れて消えた。

夕陽を浴びてまぶしいほどに紅に輝いていたお梅の唇を、目を閉じればいまでもはっきりと思い出すことができる。太兵衛が心を奪われた島原にいたころのお梅が、夕陽のなかで見た顔に重なった。

あの日、お梅は死んだ。夕陽に輝く紅の唇と、惚れ惚れするほどの美貌。それが、太兵衛にとってのお梅の死に顔なのである。

それからも太兵衛は、お梅の元に通った。ふたりともいっさい鴨の名は口にしなかった。そのころになると、お梅は太兵衛と指先が触れ合うのすら拒むようになった。ともに床に入ることもなく、酒を呑み夜中にひとり提灯(ちょうちん)を持たされて帰るようになった。

お梅が鴨とできていることを、太兵衛は知っているのだ。お梅もわかっている。

すでに己の女ではない。

すでに己の男ではない。

そんなふたりが、同じ屋根の下にいるのだ。もはや昔のようには戻れはしない。

それでもお梅は、太兵衛のことを思い遣(や)ってくれていたのだろう。己が妾宅を出て行けば、太兵衛に悪い噂(うわさ)が立つ。菱屋の主人は妾に捨てられたと莫迦(ばか)にされることになるだろう。だから八木邸に住むことはなかった。

「いい加減にせぇっ」

いきなり怒鳴られ、太兵衛はおおきく仰(の)け反(ぞ)った。仁衛門である。仁衛門の鼻と太兵衛の鼻が触れ合うほどに近付いていた。

「なに訳のわからんこと言うてんねん。あの女はお前のこと思うて、家を出て行かんかったんやない。あの侍んところに転がりこむことはでけへんやろ。相手は浪士組の頭や。泊まっとるところも間借りやないか。そないなところに女引っ張り込むことはできんやろ。せやからあの女は、お前が用意した家に住み続けとったんや。お前は利用されとったんや」

罵倒され、お梅を侮辱されていることに腹を立てるよりも先に、考えていたことをどうやらつぶやいていたらしいということに気付いて、太兵衛は驚いた。

「しっかりせぇよ菱屋太兵衛」

言って仁衛門が太兵衛の肩をつかんだ。

「お前は菱屋の主やないか。あないな女に骨抜きにされて、先祖代々守ってきた身上を台無しにする言うんか。あのお梅いう女は、お前に後ろ足で砂かけて他の男んところに行ったんや。もういい加減忘れんかい」

「そうやで太兵衛」

留吉が仁衛門の後ろからささやき、紀之助はおおきくうなずいている。

「儂等にできることやったら、いつでも力貸すよって」

鬼瓦のような仁衛門の顔が、目の前で揺れている。いや、揺れているのは太兵衛の方だった。肩をつかまれ揺らされている。鬼瓦が遠くなったり近くなったりしているのを見つめながら、太兵衛は鴨のことを思い出していた。あれは、鴨とお梅が殺される十日ほど前のことだ。

ひとりでふらりと菱屋に現れた。

あの男の悪行は、店じゅうに知れ渡っているし、お梅が壬生に通っていることを知っている者もいる。奉公人に任せることもできず、仕方なく太兵衛は自室で鴨と会った。

ふてぶてしい顔で、さも当たり前というように上座に収まった鴨は、鉄扇を広げて悪辣な顔を煽ぎながら、太兵衛を見下す。

「息災か」

息災とは片腹痛い。太兵衛の息災は、この男によって奪われたのだ。なぜだか無性に腹立たしくなった。手籠めにされて戻ってきた時のお梅の笑顔が脳裏に蘇り、斬られてもいいと思うほどの激しい怒りが湧いた。

「行儀の悪い鴨が屋敷の池を荒らし回り、泣き声も五月蠅うてよう眠れませんで、息災とは言えまへんな」

さぁ、腹を立てたか。斬るんなら斬れ。

眼光鋭く太兵衛は鴨をにらんだ。すると壬生の狼は、それまで顔に風を送っていた鉄扇を閉じて懐に仕舞うと、仰け反っていた体を元に戻し背筋を伸ばした。斬る前に体勢を整えたのだと思い、太兵衛は息を呑む。しかし鴨は腕を組んで、分厚い唇の端をおおきく吊り上げて笑った。

「小商人の分際で言うではないか」

体の芯まで響くような重い声を太兵衛に浴びせると、鴨は鼻を鳴らして笑った。

殺気がない。

「なんの御用ですか」

金を返しに来た訳ではないはずだ。金を返すくらいなら、お梅を返せ。もちろん思うだけで、舌には乗せない。

鴨は答えず、開け放たれた襖（ふすま）のむこうに見える中庭を眺めていた。秋雨に降られた松の葉から零れた滴（しずく）が、苔（こけ）むした岩に落ちる。雲が晴れ、夕陽が庭を照らしている。滴は紅（あか）い光を受けて輝きながら、ひとつまたひとつと淡い碧（あお）の森のなかへと消えてゆく。鴨はそれを、なんだか寂しそうに見つめていた。

「菱屋よ」

庭に目をむけたまま鴨が言った。返事をする気にもなれなかった。すると壬生の狼は、太兵衛に聞かせるでもなくつぶやいた。

「儂が死んだら、全部返してやる。それまでもうしばらく待っておれ」

「え」

思わず太兵衛が吐いた声を聞いて我に返ったのか、鴨はびくりと一度肩を震わせると、誤魔（ごま）化（か）すように大声で笑った。そして、邪魔をしたなとひとことだけ言って、店を出ていった。訳がわからず、太兵衛はしばらく自室でひとり呆然（ぼうぜん）としていた。

いまにして思えば、あの時すでに鴨は己が殺されることを悟っていたのではないだろうか。

少なくとも、己が身に危険が迫っていることはわかっていたのだろう。

全部返してやる……。

なにも返してもらっていない。

あの男はお梅を冥途にまで連れていった。

「鴨はん……。そりゃあんまりやで」

自分が吐いた声で、太兵衛は現世（うつしょ）に引き戻される。目の前には熱い目をした仁衛門の暑苦しい顔があった。

「なんや、鴨はんって。まるで仲のええ客が死んでもうたように言うやないか」

鴨は仲の良い客では決してなかった。それどころか、客ですらなかったのだ。

それでも……。

鴨のことを心底から憎めない。

なぜなのか。

恐れているからではない。死んだ者を恐れてどうするというのか。故人を憎むことに、遠慮も容赦も必要ない。

あの時、寂しそうに庭を眺めていた鴨の横顔が、ずっと心に残っている。お梅を奪った憎い相手のはずなのに、どこかで親しみを感じていた。

なんや、この男も儂と一緒やないか……。

鴨は鬼でも天狗でも狼でもない。人だ。太兵衛と同じ、悲しみも恐れもする愚かしい人なのだ。

お梅は良い女である。

惚れるのはよくわかる。痛いほどわかる。鴨は女を見る目があるのだ。鴨と違う出会い方をしていたならば、もしかしたらと思う。

「鴨はお前からお梅を奪った男や。鴨もお梅も、お前にとってはどれだけ憎んでも憎み足りん相手やないか。憎むだけ憎んで、さっさと忘れるんや」

仁衛門はさっきからこればかりである。手を替え品を替え、いろいろなことを語ってはいるが、とどのつまりは忘れてしまえと言っているのだ。

「けっきょく、あの女の遺骸も見てへんのやろ」

鴨や同じ時に死んだ浪士は、近藤たち壬生の狼によって丁重に葬られたという。しかしお梅は、下賤な女だということで彼等は葬ることすら拒んだ。鴨が宿として使っていた八木家に、お梅は幾日か留め置かれていた。その間、八木家の使いの者が菱屋を訪れ、遺骸を引き取ってくれないかと言ってきた。

太兵衛は拒んだ。

拒まざるを得なかったのである。店の番頭、手代相揃(あいそろ)って、太兵衛の前に並び、こういうことになるやもしれぬからかねて親類縁者と申し合わせていたと言うのだ。なにを小癪(こしゃく)なと思うが、店のことを第一に考えた末の行いであろうし、咎めるつもりはなかった。彼等の言い分はこうである。身受けまでした女を壬生狼に寝取られたということだけでも噂になっているというのに、お梅の遺骸を引き取りでもしたら、ますます悪評が広まる。鴨の元に通うようになったころにすでにお梅には暇を出しているということにして、八木家からの使いを突っぱねてしまう。そうすれば、寝取られたのではなく暇を出したということになり、幾何かは悪評も和らぐであろうということだった。

正直どちらでもよかった。

太兵衛にとってお梅は、言葉少なく脇を通り抜けていった日に死んだのだ。目の前で番頭たちが話している遺骸とやらは、もはや太兵衛の知っているお梅ではない。

「好きにすればええ」

皆にそれだけ告げると、太兵衛は八木家の使いに会いもしなかった。

「聞いてるか太兵衛」

穏やかな声が聞こえる。仁衛門ではない。声のした方を見ると、紀之助の細い顔が太兵衛にむけられていた。

「心が定まらんのは無理もないわ。心底惚れ抜いた女が男に取られて、ふたりして斬られて死んだ言われたら、儂だってどうなるかわからへん。いまのお前のようにならんとは言えん。そりゃこうして怒鳴っとる仁衛門や、そこで泣いとる留吉だって一緒や」

そうは言っても、紀之助も仁衛門も留吉も、家に戻れば内儀がいる。子もいる。仁衛門と留吉には、別の場所に妾もいるのだ。仁衛門にいたっては三人も。

太兵衛には妻も子も妾もいない。

ひとりきり……。

「太兵衛よ」

紀之助はなおも穏やかに語りかけてくる。太兵衛は答える言葉が見つからないから、黙って聞いた。

「泣いてええんやで」

気付けば仁衛門は座っていた場所まで退いて座布団に尻を落ち着けている。留吉は洟をすりながら、うつむいていた。紀之助はしたり顔で太兵衛にうなずく。

「お前はいつもそうや。人に迷惑かけんように、物事が丸く収まるように、いつも笑うとる。辛いとか、きついとか、悲しいとか、お前の口からそういう言葉を聞いたことがあらへん。でもな……」

紀之助が目を閉じて微笑みながら、もう一度うなずいた。

「こういう時は思いきり泣いてええんやで」

「そうや。紀之助の言う通りや」

仁衛門が言葉を受ける。

「ここには儂等しかおらん。思いきり泣け」

太兵衛はお梅が泣いた顔を知らない。どんな時でも笑っている気丈な女だった。そういうところに太兵衛は惚れたのだ。きっと鴨も、そんなお梅に魅かれたのだろう。

壬生狼に斬られた時、お梅は泣いたのだろうか。皮一枚で首が胴に繋がっていたのである。痛いと思う暇もなく、冥途に旅だったはずだ。

気付けばあの世。

「なぁ」

太兵衛は涙を流す代わりに、三人に問うた。

「あの世、いうんはどないなとこやろな」

仁衛門は口をあんぐりと開けて固まった。留吉は目を見開いて、太兵衛を見つめる。紀之助は尖った顎に手をやって、少し考えた。答えたのは細面の生糸商人だった。

「人はどんなに徳を積んだ者でも、悪いことはしとるもんや。これを見い」

言って紀之助は豆を箸でつまんだ。

「これ喰うことかて、悪いことやと思えば悪行や。儂が喰えばこの豆は芽を出すことがでけへん。いわば儂がこの豆を殺すんや」

すでに煮られているのだ。芽は出ない。そう思ったが、面倒なので抗弁するのは止めた。

「そう考えたら、人はかならず地獄に落ちる。そんな殺生なことあるかいな。人は現世でさんざん苦しんで生きるんや。死んでまで苦しめられてどうすんねん」

紀之助はそう言って笑った。

「せやから儂はこう思うんや。現世でさんざん苦しんだんや。人は死んだらかならず仏さんの元へ行くんやってな」

「そこは良いところかい」

紀之助はうなずいて、太兵衛の肩に触れた。

「お梅さんはいまごろ、あっちで楽しゅうやっとるはずや」

「そうやな……」

御仏の元でお梅は鴨と笑っている。惚れた男と一緒だ。そこにはもう遠慮しなくてはならない相手はいない。思う存分、鴨とふたりで生きることができるのだ。

「そうか、これで良かったんやな」

「そうや」

紀之助が見当違いの答えを吐いたが、太兵衛の耳には入らない。

骨の髄まで惚れた女が、骨の髄まで惚れた男とともに幸せに暮らしている。もう太兵衛に遠慮することもない。あの世で永久に鴨とともに幸せに暮らせばいい。いつかは太兵衛も冥途に逝くだろう。しかし、むこうでお梅を捜すつもりはない。

お梅は鴨の妻なのだ。

妾ではない。

周囲の目を気にして妾にしかしてやれなかった太兵衛が付け入る隙はないのだ。

「祝言（しゅうげん）や」

「なんやて」

三人が同時に声をあげた。太兵衛は構わず、空のまま膳に投げ出されている己の盃に酒を注いだ。そして高々と掲げる。

「お梅の祝言や。さぁ呑むでぇ」

今宵一番の景気の良い声で太兵衛は言った。

「なんや、とうとう本当に壊れてもうたんか」

仁衛門が色めき立つ。留吉は太兵衛の勢いに押されて盃を掲げる。紀之助は溜息交じりに肩をすくめてから、太兵衛に声をかけた。

「まぁ、なんやわからんが、お前がそう言うんやったら、それでええんやないか」

言って盃を持った。

「さぁ、今日は良う集まってくれたな。お梅の幸せを願って乾杯やっ」

冥途でお梅は幸せにやっている。そう思うことで太兵衛は少しだけ軽くなった。

腑（ふ）に落ちた……気になった。

いまのところはそれで良い。

抜ける

男が回っていた。

松の枝にぶらさがって。

首に巻かれた縄のせいで喉が潰れて苦しいのだろう。手足をばたつかせている。鉤のように曲がった指が空をかいていた。

そんなことをしても無駄なのに。

もし逃れられたとしても、待っているのはもっと無残な死に様だ。村の男たちに囲まれ、動かなくなるまで殴られる。痛い、許してくれと叫んでみても、助けてくれるはずもない。括られている方がまだましなのに。

じたばたじたばた。

ぐるぐるぐるぐる。

じたばたぐるぐる。

ぐるぐるじたばた。

よりを解（ほど）いた縄が男の首を締めつける。どれだけ暴れてみても枝はびくともしない。時をかけて選んだのだ。折れる訳がない。縄だって緩まないように念入りに首に巻いた。どれだけ暴れたって大丈夫だ。

回る男の目が飛び出しそうになっている。赤黒くふくらんだ顔は、もう知っているものとは違っていた。同じ船でこの島に来た。どこで生まれ、島に来る前はなにをしていたのか。なにも知らない。男は語ろうとはしなかったし、聞こうとも思わなかった。この島に来た者たちは昔を語ることを嫌う。第一、語ったところでどうなるものでもない。島に流されてしまえば己（おの）が身ひとつ。語るだけ無駄だ。

まだ回っている。

手足はずいぶん大人しくなった。その所為（せい）か、回るだけではなく横に揺れはじめている。喉が潰れているのだろう。呻（うめ）き声も聞こえなくなった。息をしようとして、がっ、とか、ぐっ、とか短い音は鳴るのだが、それも弱くなっている。

男は村の食い物を盗んだ。芋ひとつ。男の体や寝起きした小屋が調べられたが、芋は出てこなかった。それでも見た者がいるというだけで吊（つ）るされた。この島に流れ着いた者は、罪を犯すことを許されない。罪を犯し、それがばれれば殺される。

金太（きんた）まわし。

それがこの罰の名だ。この島のしきたりなのだという。同じ流人（るにん）の手で木に吊るされるのが決まりだ。金太というのは、罪人の首を括ることを命じられた流人の名であるらしい。金太は罪人の首に喰(く)い込まぬよう、縄のよりを戻して吊るしたという。だからいまでも、罪人を括る時はそうしている。

ぐるぐる。

ぐる……。

手足がだらりと垂れさがって、男が動かなくなった。

男を眺める人の輪の奥に鬼がいる。男が果てるその時を、いまや遅しと待っている。

気を付けろ。

早く逃げなきゃ捕まるぞ。

鬼に捕まりゃ殺される。

ほら。

また死んだ。

石を打つ。

錆(さ)びた古釘(ふるくぎ)の先端が、荒い石塊(いしくれ)の表をわずかに削る。ざらざらとした表を撫(な)で、細かな欠片(かけら)を払い、また打つ。いったいどれだけ打ったことだろう。釘をつまむ指先は、かなり前からなにも感じなくなっている。釘の背を叩(たた)く小石を握る腕は痛みを通り越し、肩から先が固く強張(こわば)

って痺(しび)れていた。なのに刻んだ文字はまだふたつ。石の左側に治吉(じきち)と彫っただけ。今日、吊るした男の名だ。

石を打つ。石を打つ。石を打つ。

名だけでは哀れだから、せめて死んだ日くらいは刻んでやりたい。しかし陽(ひ)はもう西に傾きはじめている。今日中に終わらせるのは諦(あきら)めた方が良(い)いだろう。

ひたすら打つ。考えることはなにもない。この島では大して珍しい死に方ではない。いずれ己も殺されるのだと思えば、治吉に対する哀れみは、己に対するそれと同じだ。哀れめば哀れむほど虚(むな)しくなってくる。

「おい角蔵(かくぞう)」

名を呼ばれた。立ち上がって振り返る。陽の光を受けて、声の主の顔は赤く染まっていた。貞蔵(さだぞう)だ。横に張り出した顎(あご)ばかりが目立つ。

「来い」

乱暴にそれだけ言うと、貞蔵は地虫を見下すような目付きで返事を待つ。

「へい」

貞蔵の丸い鼻から荒い息が噴き出した。

「丑五郎(うしごろう)の旦那が集まれだとよ」

そう言って歩き出す。旦那と呼んではいるが、丑五郎は貞蔵よりも二つ下だ。なのに丑五郎に頭が上がらない。

「わかりやした」

答えは返って来なかった。

貞蔵に付いて村を目指す。丑五郎が呼んでいるということは詰所にむかうのだろう。流人小屋が並ぶ中に詰所はある。

丑五郎は流人頭（がしら）だ。村の五人組にあてがわれた流人を取りまとめるために、流人頭がそれぞれの組で定められている。仕切っている流人たちを丑五郎が集める時は、必ず詰所を使った。

前を行く貞蔵の背を見て歩くのが嫌だったから足元に目を落とす。藁屑（わらくず）が足を覆っている。草鞋（わらじ）などと呼ぶのも烏滸（おこ）がましいそれは、地を踏みしめるたびに四方にはみ出た黒くすんだ藁を揺らす。

「どこに行くつもりだ、あぁん」

言葉の終わりに、やけに粘ついた声を張りつけて貞蔵が言った。足を止めて前を見ると、詰所にむかうはずの道の先に背中がない。

「今日はそっちじゃねぇ」

声のする方を見た。角を折れた先に貞蔵が立っていた。四角い顎のわずかに尖（とが）ったところを突き出し、横道を示している。細くなった道の脇には、皮が付いたままの丸太と草壁でできた流人小屋が並んでいる。小屋のなかは、人がふたりも寝転がれば足の踏み場がなくなる部屋がふたつきり。小屋は本来ひとりにひとつあてがわれるのだが、流される者が多ければ数人で使う。無宿人、渡世人が幅を利かせる昨今は、ひとつの小屋に数人で雑魚寝するのは当たり前だった。

「今日は旦那の小屋だ」

流人頭の丑五郎は小屋をひとりで使っている。

「ちゃんと前見て歩け屑」

貞蔵は舌打ちをして歩き出した。道々、流人たちが屯している前を行き過ぎる。丑五郎の取り巻きであるふたりを見ると、誰もが脇に寄った。前を行く貞蔵は、胸を張って真ん中を堂々と進む。皆が恐れているのは貞蔵ではなく丑五郎であることなど承知の上で、それでも威張っている。

貞蔵が小屋の入り口に下げられている筵の前で立ち止まった。そこで一度小さな咳をして、筵に手を伸ばす。

「連れて来やしたぜ旦那」

言いながら筵をめくり中を覗く。女がひとり小屋から飛び出してきた。こちらを恨めしそうににらんでから足早に駆けてゆく。女流人だ。名は忘れた。女流人は男どもと違い、島の者の下女をするのが決まりなのだが、なかには小屋を持って暮らす者もいた。あの女は小屋を持ち、客を取っている。

「なにぼさっとしてんだ。さっさと来い」

めくった筵から貞蔵が顔を覗かせている。うなずき、足早に小屋へと急ぐ。うながされるまま筵を潜り中に入った。小屋の中を照らす物はなにもない。闇のなかに、それよりも濃い黒い塊がふたつあるのだけが見えた。

「座れ」

重い声が言った。丑五郎である。それを聞いた貞蔵が、素早く体を滑らせ人ひとりが座れるほどの隙間を作った。土の上に敷かれた筵に尻を付け、隣の貞蔵よりもふた回りほども大きな丑五郎を見る。

「墓ぁ作ってんのか」

「へぇ」

「あんな奴が死んだことなんざ、明日んなりゃ皆忘れちまう。作るだけ無駄だ」

答えずに笑う。

「わかってんのか」

流人頭が溜息を吐いた。

「お前ぇも用心しねぇと、奴みてぇに括られるぞ」

言って丑五郎が手に持っていたなにかを頬張った。甘そうな匂いのなかに、香ばしさがある。焼いた芋だ。先刻から匂いはしていた。明かりがない小屋の中である。丑五郎が持っているとは思わなかった。

匂いに誘われたか、貞蔵の腹が鳴る。

小屋以外に、なにひとつ島の者から与えられる物はない。だから大抵の流人は、いつも腹を空(す)かせている。食えぬことがもとで死ぬ者も多い。

流人頭である丑五郎には、いろいろなところから物が届く。だから他の者よりは、食うことに困らない。

黙ったままのふたりをそのままにして丑五郎がへたまで綺麗(きれい)に腹に収め指先を舐(な)めると、貞蔵の喉が大きく鳴った。

「おい」

「すいやせんっ。つ、つい」

貞蔵が頭の天辺(てっぺん)から甲高(かんだか)い声を吐いた。

「違(ちげ)ぇよ」

「へ」

「話を聞け」

「俺ぁてっきり」

そこで言葉を止めて笑う貞蔵を無視して、丑五郎が胡坐(あぐら)の膝(ひざ)に勢い良く手を置いた。

「それにしても、奴だけは絶対(ぜって)ぇ許さねぇ」

「市郎左衛門でやすね」

貞蔵が言うと、丑五郎の頭が上下した。

「芋ひとつ盗んだくれぇで大騒ぎしやがって」

治吉の盗みを見咎めたのは、市郎左衛門という島の者だった。二本差しの役人がいないこの島では、若者たちが流人に目を光らせている。市郎左衛門は島の若者のなかでもひときわ流人たちに厳しい。

「あの野郎は俺たちを目の敵にしてやがる」

丑五郎の奥歯が軋んで鈍い音を鳴らす。それを聞いた貞蔵がへつらいの声を上げる。

「あんな奴ぁ島じゃなけりゃ、屁でもねぇんですがね。昔のあっしを前にすりゃ、目も合わせられねぇはずだ。ちぃとばかし船の扱いが上手くて腕っぷしが強ぇからって、調子に乗りやがって」

市郎左衛門は二日に一度は流人小屋を見て回る。その時、少しでも生意気な態度を取れば、なにかと言いがかりのような罪状をでっち上げて敲などの刑を科す。

「旦那」

流人頭が貞蔵に顔をむける。

「殺っちまいますか」

「誰を」

「市郎左衛門に決まってやすでしょ」

丑五郎が鼻で笑う。

「そんな度胸あんのかよ」

「あの野郎にゃ、あっしだって腸(はらわた)煮えくり返ってんだ。この前なんか、そこの道端で奴を見たんで挨拶(あいさつ)したら、目付きが気に入らねぇと抜かして思いきり頭を殴りやがった。あっしがにらんだら、文句あんのかともう一発。あん時は本当に殺っちまおうかと思いやしたぜ」

「だったらなんで殺っちまわなかったんだ。お前ぇが殺っとけば、あいつは死ななくて済んだんじゃねぇか」

「そしたら、あっしが殺されてやしたぜ」

「手前(てめ)ぇの命と引き換えに市郎左衛門を殺したとなりゃ、流人たちに語り継がれる名前(なめ)ぇになる。お前ぇにしちゃ上出来じゃねぇか。お誂(あつら)えむきの得物(えもの)もあるしな」

「冗談は止(よ)してくだせぇ。そ、それにあっしは得物なんざ持っちゃいねぇ」

「虎の子の包丁があんだろ」

「持ち歩いてるといちゃもん付けられちまうから、小屋に置いてやすよ」

「得物がなくちゃ、殺せねぇのか」

「旦那みてぇに強かねぇんで」

「だったら生意気なこと抜かすんじゃねぇ。殺る奴は言う前に殺してんだよ。その腹積もりもねぇのに、ごちゃごちゃ寝言垂れてんじゃねぇ」

「すいやせん」

貞蔵が肩をすくめて、うなだれた。

「それでだ」

あらためて丑五郎が語り出す。

「俺ぁ、あの野郎を殺っちまおうと思う」

殺すと言った貞蔵を戒めたばかりである。丑五郎は殺すのだ。本当に。

「ただ、ぶち殺すんじゃ面白くねぇ。こいつが言った通り、殺すだけじゃこっちも金太まわしだしな」

叱られて黙ったままの貞蔵は、相槌を打てずにいる。

「島を抜けるぞ」

「し、島抜けでやすか」

思わず問うた貞蔵に丑五郎がうなずく。

「ついでに、あの野郎をぶっ殺す。お前たちも腹を決めろ」

首を縦に振るしかなかった。

これが本当に流人小屋かと思った。

多くの物に溢れた部屋の中央に座しているのは、四十がらみの恰幅の良い男である。下座に丑五郎たちとともに座り、男の疑いの眼差しを浴びていた。

流人のくせに分厚いどてらを纏い、尻の下には座布団を敷き炬燵に入っている。男の脇には徳利が置かれ、膳の上の茶碗には白く濁った酒がなみなみと注がれていた。国許からの助けがあるだけで、こうも違うのかと思う。

見届け物と呼ばれる縁者からの差し入れが流人たちには許されていた。量や品物には決まりがあったが、役人や島の者に袖の下を渡せば、ある程度の融通が利くらしい。男の小屋を見れば、それが本当だということは一目瞭然であった。

「きょ、今日はなんの用だ丑五郎」

四十がらみの男が言った。細面で鼻筋の通った涼やかな顔をしている。甲州の生まれだそうだが、江戸生まれの丑五郎より垢ぬけた顔だ。日頃、配下の流人たちに横柄な態度を取る丑五郎が、男の前でへつらいの笑みを浮かべている。

「ちぃとばかり安五郎の親分の力を御借りしてぇと思いやしてね」

親分などと呼んでいるが、目の前の男も流人である。昔はどこぞで一家を構えていたのかもしれないが、この島に流されればそんな物は何の役にも立たない。

いや……。

この男は違うのか。現に丑五郎は親分などと持ち上げて、へらへらしている。貞蔵など体を縮められるだけ縮めて、うつむいたまま動かない。

「お、お、俺の力だと」

安五郎は語り出しに吃音を発する癖があるようだった。涼しい顔立ちの所為で近寄りがたく思うが、独特な語り出しのおかげで親しみを覚える。

「実ぁね親分」

丑五郎が身を乗り出す。若い流人頭の総身に剣呑な気が溢れる。安五郎は微動だにせず、それを泰然と受け止めた。

「もうこの暮らしはうんざりだ。毎日食うや食わずで、島の者たちの目に怯えながら暮らすのは我慢ならねぇ。だから、俺たちと一緒に島抜けをしねぇか」

毎日食うや食わずという言葉は、安五郎には当てはまらないだろう。壁際に置かれた棚には皿や鍋の他に銭箱らしき物まで置かれ、その脇には書物が積まれている。貧しいとはいえぬ暮らしぶりだ。

「島の者のなかでもとりわけ生意気な市郎左衛門をぶっ殺して船を奪い、島を出るんだ」

「そ、それで俺の力を借りてぇという訳か」

「そういうこった」

気負う丑五郎を前に、安五郎は腕を組んだ。

「ど、ど、どうして俺の力を借りる必要がある。し、島を抜けてぇと言うんなら、勝手にやれば良いだろ」

「ここまで話したからにゃ、こっちも腹を割るがな」

丑五郎が連れてきたふたりに目をやった。

「手駒がちぃとばかり心許ねぇ。味方をあと四人ばかし。少なくとも七人はいると考えてるんだがな、誰を味方にするかと思案した時、真っ先に親分の名が頭に浮かんだって訳さ」

「し、死ぬぞ」

島抜けをして生き延びた者はいない。船を奪って運良く島を抜け出せても、荒波に翻弄されて陸まで辿り着けずに溺れ死ぬ。万にひとつ陸に辿り着いたとしても、捕手の厳しい追及の末に捕えられ首を斬られて終わりだ。

「もう死んでんのと同じだろ」

丑五郎が腕を広げる。

「やっとのことで命を繋いでるってだけじゃねぇか。このまま島にいたら、運が良くても野垂れ死にだ。金太まわしになって島の者に嬲り殺されるなんてな俺ぁ御免だ。あんただって、こんな島で終わるつもりはねぇんだろ」

丑五郎が安五郎の鼻先まで寄る。

「俺たちと一緒に島を抜けようじゃねぇか。抜けちまえば、あとは手前ぇの了見だ。あんたは甲州に戻って子分たちと面白おかしくやりゃあ良い。俺も好きにさせてもらう」

「い、い、否と言ったら」

「そん時は」

丑五郎が襟元から刃物を覗かせる。魚を捌く包丁だ。

気を付けろ。

早く逃げなきゃ捕まるぞ。

「こ、殺せば、お前もただじゃ済まねぇぞ。き、き、金太まわしになるのは御免だと言ったばかりじゃねぇか」

「あんたが否だと言ったら、この企みは仕舞いだ。あんたが名主あたりに注進すれば、どうせ俺は殺される。だったらここであんたを殺して、名主どもも血祭に上げて、島の者どもと斬り合って死に花咲かせてやらぁ」

息を荒らげる丑五郎を前に、安五郎は顔色ひとつ変えなかった。逸る若き流人頭を真正面から見据え、腕を組んだまま動かない。

「ひ、ひとつ条件がある」

「なんだ」

「ど、ど、同心するからには、かならず島を抜ける。そ、そ、そのためにも、俺の言うことは、ど、どんなことでも聞いてもらうぞ」

「あんたを引き入れると決めた時から、そのつもりだ」

「な、な、ならばやろう」

返答を聞いた丑五郎が襟を正して、座り直した。

「は、初めに聞いてもらいたいことがある」

丑五郎がうなずきで応える。

「い、い、市郎左衛門は殺さねぇ」


棒の先に包丁を括りつけた急場拵えの槍を手にした貞蔵が、戸板を蹴破った。

名主、吉兵衛の屋敷である。

表の戸を貞蔵が蹴破ったのと同時に、裏手の方でも板戸が割れる激しい音が鳴った。仲間の仕業である。安五郎に企みを打ち明けてから十月あまりが過ぎていた。丑五郎が当初目論んでいた通り、安五郎の他三人が島抜けに加担することになった。

七人は二手に分かれ、屋敷の表と裏から名主を襲うことにした。

島抜けの手始めに名主の屋敷を襲撃すると決めたのは安五郎である。

この島には銃が二挺あった。

ひとつは島支配の韮山代官の元で島役人を務める十三社神社の神主前田家にあり、もうひとつが名主吉兵衛宅にある。

名主の吉兵衛は七十五という老齢で目も耳も利かず、跡取りである息子の吉六は中風を患い寝たきりだった。唯一、満足に動けるのは名主の孫で二十四になる弥吉だけである。

「行くぞっ」

土間へ駆け込んだ丑五郎が叫んだ。間取りは丑五郎の情婦であった女流人から聞きだしている。女は島に流れ着いてすぐ、名主の屋敷で下女をしていたらしい。間取りを聞きだしたと丑五郎が言ってから女を見ていない。

土間の脇に置いてあった丸太に鉈が刺さっているのを見つけた丑五郎が、引き抜き懐に入れて板間に飛んだ。丑五郎と貞蔵について藁屑を履いたまま板間に上がる。裏手の四人は安五郎が従えていた。彼等は孫の弥吉を捕まえて、名主の部屋に連れてくる手筈になっている。

囲炉裏が切られた板間を駆け、障子戸を蹴破り名主の部屋に急ぐ。途中、女や子供の悲鳴が聞こえたが、無視して貞蔵を追い抜き駆ける。するとそのすぐ後に、恐れからの声とは違った女の呻きが聞こえてきた。

「ざまぁ見やがれ」

嬉々とした声で貞蔵が言った。

「余計な物に構うんじゃねぇっ」

丑五郎が怒鳴る。呻き声を上げ続ける女の脇で、子供が泣き叫んでいた。その声を背に、丑五郎と貞蔵を追うようにして屋敷の奥へと急ぐ。

目も耳も利かぬとはいえ当主は老齢の吉兵衛だ。一番奥の部屋で寝ている。

貞蔵は、屋敷に足を踏み入れてからずっと小さな笑い声を上げ続けていた。

「この先が名主の部屋でさぁ」

前を行く丑五郎を押し退けるようにして、貞蔵が障子戸を蹴破った。

「待て」

丑五郎の言葉を貞蔵は聞かずに部屋へと躍り込み、ひときわ甲高い声で笑った。

「いやしたぜっ」

間取りは皆で何度も確かめている。名主がいるのは間違いなかった。

「おらぁっ、起きろっ」

「止めろ貞蔵っ」

暗い部屋の真ん中に敷かれた褥の上に老人が座らされている。その細い首根っこを貞蔵が後ろからつかみ、もう一方の手に持つ槍の柄を畳に突き立てていた。

「こいつですよっ。名主の吉兵衛でさ旦那っ」

「そんなこたぁわかってんだよ。あんまり手荒なことすると、孫が吐いちまう前に死んじまうって言ってんだ。お前ぇもなにぼけっとしてんだっ。爺ぃを押さえろ」

怒鳴られ吉兵衛を見る。貞蔵が名主を褥の上に放った。またがって動きを封じる。

「銃はどこだ爺さんっ」

吉兵衛の耳元で貞蔵が叫ぶ。

「あぁうぁ……」

真夜中の突然の襲撃に、いまだなにが起きたのかわからない様子の吉兵衛は、虚ろな声で呻く。

「どこに隠してんだって聞いてんだよっ」

しゃがみ込んだ貞蔵が、耳元に口を近づけて怒鳴る。吉兵衛は目も耳も利かぬのだ。どれだけ叫んでも届かない。股の下でもがいているのだが、力をまったく感じなかった。

「そいつは餌だ。親分たちが来るまで死なせるんじゃねぇ」

「そうだ……。そうでやしたね旦那ぁ……」

鼻から荒い息を吐き、貞蔵が答えた。

廊下を打ち鳴らす足音が聞こえてくる。名主の部屋へと近づいてきたそれは、貞蔵が蹴破った障子戸と部屋を挟んだむこうにある襖の前で止まった。襖が左右に開かれ、なにかが名主の膝元に転がる。

「爺さまっ」

転がった塊が吉兵衛に叫んだ。

「お、お、起きろ」

塊の後ろに歩み寄った安五郎が言った。すると、彼についてきた仲間のふたりが、男の両腕を取って起き上がらせる。

「大丈夫か爺さま。生きとるか爺さま」

流人たちに羽交い締めにされながら、孫の弥吉が語りかけた。しかし名主には聞こえておらず、あぁとかうぅとか言葉にならない声を吐き続けている。

安五郎たちが入ってきた方の廊下が明るくなった。仲間が火の灯った行灯をどこかから持ってきたのだ。

「女子供がいねぇ」

行灯を持って来た仲間が安五郎に告げた。

「こ、こ、こいつの親父は」

安五郎が弥吉の腹を蹴る。

「いやせんでした。誰かが引き摺って逃げたんでやしょう」

名主の孫の腹に草鞋履きのままの爪先がめり込む。

「じゅ、銃はどこにある」

弥吉は甲州の博徒を見上げた。行灯の火に照らされた目に憎しみが満ちている。

「こんなことをしてただでは済まないぞ」

「ただで済む訳ねぇだろ」

嬉々とした声で貞蔵が答えるのを無視して、丑五郎が安五郎の隣に並んだ。しゃがんで名主の孫の顔に鼻先を近づける。

「海に出ても波に呑まれる。運良く陸に上がっても追手に捕まり打首獄門。そんなこたぁお前ぇに言われなくてもわかってんだよ」

弥吉の頬で弾けるような音が鳴った。名主の孫はうずくまろうとするが、両腕をつかむ流人たちに無理矢理起こされる。

「お前ぇに聞きてぇことはひとつだけだ。銃はどこだ」

固く口を閉ざし、弥吉が四角い顔から目を逸らすように横をむく。

「貞蔵」

弥吉を見つめたまま、丑五郎が背後に声を投げる。

名主の乾いた声がひときわ強く部屋に響き、股の下にある生温かい体が左右に大きく揺れ始めた。貞蔵の槍がその動きに合わせるように右に左に揺れている。

「爺さまっ」

吉兵衛を見ようとした弥吉の頬を両手で挟み、丑五郎が無理矢理目を合わせる。

「お前ぇは聞かれたことに答えるんだよ。銃はどこに隠した」

弥吉は震えていた。丑五郎をにらんだ目は赤く染まり、涙が滲んでいる。

名主の孫が叫んだ。

「国許で罪を犯し、それでも飽き足らずに島でも罪を重ねるかっ。島の暮らしに堪え兼ね島抜けでも企んでいるのだろうが、そもそもその暮らしは誰の所為だっ。己の因果ではないかっ。

そんなことも忘れ、勝手無法なる所業に走る畜生がっ。恥を知れっ」

「言うじゃねぇか」

厭(いや)らしく笑う丑五郎から目を逸らし、吉兵衛を見た。槍が老いた脇腹に突き刺さっている。一重の寝間着が赤く染まり、褥へと伝って血の池を作っていた。

「銃はどこだ」

弥吉は答えない。かたくなな名主の孫に苛立(いらだ)ったのか、丑五郎が腕を押さえる仲間に目配せをした。丑五郎が頬から手を離すと同時に、男たちが弥吉を引き摺り吉兵衛が見える場所に座らせる。名主には槍が刺さったままだ。それを見た孫が、小さな声を喉の奥からひとつひり出した。

丑五郎に代わって安五郎が問う。

「じ、じ、銃はどこだ」

「爺さま……」

吉兵衛を見つめて震える弥吉の髷(まげ)を、安五郎が後ろからつかむ。そのまま力任せに引っ張り、自分を見上げる恰好(かっこう)にする。

「じ、爺ぃの命よりも、な、な、名主の体面を選ぶか。そ、そ、そんなに韮山代官が怖(こえ)ぇか。い、いまこの島にゃあ侍はひとりもいねぇ。代官の手下はお前ぇを守ってくれねぇぞ。そ、そんな奴等に、ぎ、義理立てすんのか」

「お前たちは絶対に逃げきれない」

「さ、貞蔵」

髷をつかんだ白い手が動いて、吉兵衛の姿を孫に見せる。

貞蔵が腹から槍を抜いた。

「どけ、屑。ぼさっとすんじゃねぇ」

言われるがまま、老人から離れて立ち上がる。貞蔵は槍を構え、うずくまったままの吉兵衛の左の肩から肘までを深々と切り裂いた。老いさらばえた名主は、激痛のなかでのたうち回る力すらない。もはや呻くこともできないでいる。小刻みに体を震えさせ、白く濁った目で虚空(こくう)を見つめていた。もはや助かる見込みがないことは、誰の目にも明らかである。

あぁ……。

名主も捕まった。

「爺さま。爺さまぁ」

だらしなく口を開いてうわ言のようにつぶやく弥吉の唇から涎(よだれ)が垂れ、糸を引いて畳を濡(ぬ)らす。

「お、お前ぇが素直に話していりゃ、爺ぃは死ななくて済んだんだ。こ、こいつを殺したのは、お、お前ぇだ」

安五郎が髷をつかむ手に力を込める。

「ち、ち、中風の親父まで、殺されたくねぇだろ。どっかに逃げたようだが、す、すぐに見付けられる」

思うように頭を動かせない弥吉が、瞳だけで安五郎をにらんだ。

「鬼畜が」

「べ、別に俺たちは、皆殺しにして家探しすれば良かったんだぜ。む、無駄な殺しをしたくねぇから、こ、こ、こうして聞いてやってんだ。有難く思え」

安五郎の言う通りだ。名主たちを全員殺してから家探ししても銃は見つかる。

この嬲り殺しは、丑五郎のためだ。市郎左衛門を殺させない代わりに、島で一番偉い名主とその孫を嬲ることで鬱憤を晴らさせようとしている。吉兵衛や弥吉が苦しめば苦しむほど、丑五郎の気は晴れるのだ。

「どうする。お、お前ぇも死ぬか」

「蔵だ」

目を伏せた弥吉がつぶやいた。

「聞こえねぇな。いまなんつった」

丑五郎が問う。

「銃は蔵の一番奥の棚に置いてある」

「最初からそう言ってりゃ、爺ぃも死なずに済んだのにな」

男たちが腕を離す。安五郎が乱暴に弥吉の髷を放った。崩れ落ちた名主の孫は、息も絶え絶えの祖父を庇うように覆い被さる。

「面倒かけさせやがって」

土間で拝借した鉈を懐から取り出し、丑五郎が名主の孫の右腕に斬りつけた。思いきり振られた鉈は腕から背中を駆け抜け、尻まで達する。悲鳴を上げながらも弥吉は、祖父に覆い被さったまま動かない。

ほらまた……。

捕まった。

「い、行くぞ」

丑五郎に語りかける安五郎の足はすでに蔵へむかって動き出していた。

「は、は、早くせんと、神主たちが気付いて追ってくるぞ」

走りながら安五郎が言った。港にむかう道を七人で駆ける。

「銃で撃たれた時ぁ、こいつを盾にして逃げりゃあいい」

答えた丑五郎に背中を叩かれた。それを見て貞蔵が下卑た笑い声を上げる。

「と、とにかく市郎左衛門の家はすぐそこだ」

名主の家で銃を見つけ出し、市郎左衛門の住処を目指す。船乗りたちが住む浜近くの集落の狭い路地を、縫うようにして走る。

「ここだっ」

叫んだのは仲間のひとりだった。すでに男は障子戸を蹴破って中に入っている。遅れてはならじと丑五郎たちが雪崩れ込む。

家のなかから悲鳴が聞こえた。どうやらひとりではない。貞蔵とともに敷居をまたいだ。闇のなかで影が蠢いている。

「誰だ畜生っ」

「大人しくついて来やがれ」

どうやら丑五郎は市郎左衛門に馬乗りになって殴っているようだった。幾度も幾度も肉を打つ。最初は威勢が良かった市郎左衛門が、次第に大人しくなってゆく。そのかたわらで、村人が仲間たちに取り押さえられていた。どうやら男らしい。

「逆らうと銃でど頭ぶち抜くぞ」

仲間のひとりが持つ銃が、市郎左衛門へとむけられている。闇のなかだが、火縄が燃える匂いはわかるはずだ。

「頼む助けてくれ」

市郎左衛門が哀願する。

「えぇっ」

とつぜん背後から聞き慣れぬ声がした。安五郎とともに振り向くと、破かれた障子戸のむこう、月明かりに照らされて村の若者が呆然(ぼうぜん)と立ち尽くしていた。

「貞蔵、追えっ」

市郎左衛門にまたがりながら、丑五郎が叫んだ。逃げる村人を貞蔵が槍を片手に追う。

「お前ぇもぼけっとすんじゃねぇっ」

怒鳴られ敷居を飛び越え外に出た。

手足をばたつかせながら逃げる村人の背に貞蔵の槍が突き立った。前のめりに倒れた若者の脇腹がもう一度突かれた時、なんとか追いついた。

「遅(おせ)ぇんだよ屑」

吐き捨てた貞蔵が槍の柄を幾度も回し、村人の脇腹から引き抜く。

あぁ可哀(かわい)そうに……。

市郎左衛門の家なんか訪ねなければ、捕まらずに済んだのに。

貞蔵が来た道を戻ろうとした時、市郎左衛門ともうひとりの村人を引き摺りながら、安五郎たちが家から出てきた。

「浜に行くぞ」

泣き喚(わめ)く市郎左衛門を引き摺る丑五郎は、月明かりのなかで笑っていた。

顔を倍ほどに腫(は)れ上がらせ、市郎左衛門が船の用意をしている。

「ぼさぼさすんじゃねぇっ」

血に濡れた槍を手にした貞蔵に尻を蹴られ、市郎左衛門が情けない声を上げる。

「か、勘弁してくれぇ」

流人が逃げるのを防ぐため、船と別に保管していた帆と舵(かじ)を取りつける市郎左衛門が、泣き声交じりに言った。島の若者たちを引き連れて流人たちににらみを利かせている時の威勢の良さは、すっかりなりを潜めていた。浜まで来る間に散々殴りつけられ、刃物で脅されているのだから無理もない。

「無駄口叩く暇があるんなら、さっさと船を出しやがれ」

ぶよぶよに腫れ上がった市郎左衛門の顔を丑五郎が殴った。

安五郎はひとり船上に座して瞑目(めいもく)している。

「済みました」

言ったのはともに連れ去られた村人の喜兵衛(きへえ)だった。

「出しやすぜ」

貞蔵が船上の安五郎に問う。甲州の博徒は目を閉じたままうなずいた。

仲間たちと船を押す。波を膝まで浴びながら砂を蹴る。船が浮くと同時に、いっせいに飛び乗った。ふたりの村人の背後には貞蔵と丑五郎がにらみを利かせている。出航の隙を見て逃げ出すことはできなかった。

「お前が柁を持つんだよっ」

丑五郎にうながされ、市郎左衛門が柁を取った。その脇腹に、貞蔵が持つ槍の切っ先が定められている。

「お前ぇは運が良いな」

船縁に背中を預けながら言った丑五郎の言葉を、市郎左衛門は柁を握りしめたまま聞く。

「島一番の乗り手じゃなけりゃ、いまごろお前ぇは死んでたところだ。なぁ貞蔵」

「へい」

汚い笑い声とともに、腰巾着は答えた。

「俺はお前ぇを殺すつもりだったんだぜ。安五郎の親分がお前ぇは使えるから一緒に連れてくと言わなけりゃ、勘弁するつもりはなかったんだ」

丑五郎の太い脚が、市郎左衛門の背中を蹴った。

「お前ぇは俺たち流人を人扱いしなかった。わかってんだろ」

蹴る。

「なにかにつけて、罪をでっち上げ俺たちを金太まわしにしやがった」

腹を蹴る。

市郎左衛門がやられているのを、仲間たちは笑いながら見ていた。島を無事に抜けたとはいえ、まだまだ油断はならない。伊豆までは荒波を幾度も越えなければ辿り着けぬのだ。なのに仲間たちはすでに事を成し遂げたかのごとく陽気な面持ちで丑五郎のやりようを眺めている。ただひとり、安五郎だけが目を閉じ黙したまま船の中央に座っていた。

「下手な真似しやがったら、ど頭ぶち抜いてやるからな」

仲間の構える銃が、市郎左衛門の頭に狙いを定めている。閉じられた火蓋の上で火縄が煙を上げていた。

弾は入っていない。

どれだけ蔵のなかを調べてみても、火薬と弾は見つからなかった。もう一度、弥吉を問い詰めようとした丑五郎を、時がないと安五郎が止めた。

「ここに銃があるってことがどういうことかわかってんだろ」

市郎左衛門には答える余裕などなかった。右へ左へ激しく揺れる船をなだめるため、柁を握りしめている。喜兵衛は舳先で風と波を見ていた。流人たちは手持ちの櫂で波をかいている。

丑五郎の様子をうかがう。

「名主は殺したぞ。孫の弥吉も斬った。俺たちを舐めるとこういうことになるってこった」

「すみません……。すみません……」

泣きながら市郎左衛門が謝るのを、丑五郎は気持ちよさそうに聞いていた。

「伊豆までしっかりと漕げよ」

「すみません……。すみません……。すみません」

延々と繰り返す。

「すみません……」

市郎左衛門は壊れていた。


船は夜のうちに伊豆網代(あじろ)の浜へと辿り着いた。浜に着いた丑五郎は、船中でのいたぶりで気が済んだのか、市郎左衛門たちを船に乗せて捨てた。

網代に船をつけさせたのは安五郎である。甲州に逃げるため田方郡間宮村(たがたぐんまみやむら)の博徒、久八(きゆうはち)の元にいったん身を寄せるのだという。間宮村へむかうには網代に付けるのが都合が良いという安五郎の望みを聞かぬ理由は、他の流人たちにはなかった。

七人は伊豆山中に逃れた。

「こ、こ、ここまでだ」

木々が鬱蒼(うつそう)と生(お)い茂る森のなかで、不意に安五郎が言った。ここから先は各々で逃げてゆくということだ。前もって決めていたことだから、いまの短い言葉だけで誰もが意図を悟った。

丑五郎が安五郎の前に立つ。

「あんたのおかげで上手(うま)く行った。有難(ありがと)うよ」

「ま、まだ上手く行った訳じゃねぇ」

「でも、韮山代官は、俺たちに構ってる暇はねぇんだろ」

伊豆へとむかう船の上で、真っ黒な四隻の船を見た。とてつもない大きさで、甲板（かんぱん）の上の筒から黒い煙を吐いていた。安五郎は異国の船だという。甲州の大百姓の倅（せがれ）である安五郎は学がある。波間に揺れる化け物のような船を見ながら、間違いないと言ってうなずいた。

異国の船が伊豆まで来ているということは、韮山代官は流人の島抜けどころの話ではない。

運が向いてきやがったと言って、安五郎は皆にむかって笑った。

「か、か、構うかどうかは俺たちが決めることじゃねぇ。が、運が良かったことは確かだ」

丑五郎が大きく足を開いて、膝の上に掌（てのひら）を置く。そして深々と頭を下げると、仲間たちもそれに従った。

「本当に世話んなった。この恩は一生忘れねぇ。親分になにかあった時は、いつでも甲州に駆けつけるぜ」

「お、俺の方こそ、有難うよ。お、お、お前たちのおかげで、生きてふたたび故郷の地を踏むことができる」

「それじゃあ、御達者で」

言った丑五郎が頭を上げた。

「お前ぇたちもな」

ひとりふたりと思い思いに散ってゆく。

「おい」

安五郎がこちらを見た。

「お、お、お前ぇ、俺と一緒に来ねぇか」

「え」

まだ残っていた丑五郎と貞蔵が驚いている。

答える言葉が見つからない。なぜならまだやるべきことが残っている。

「いや、あっしは……」

「それじゃあ親分」

いたたまれなくなったのか貞蔵が安五郎に頭を下げて背をむけた。

「ど、どうだ嫌か」

「お前ぇの好きにしたら良い」

丑五郎がそう言うと、口許(くちもと)に笑みを浮かべて安五郎を見た。

「俺もそろそろ行くぜ」

「た、達者でな」

ふたりの間に割って入り、丑五郎を見た。

「どこに行きやすんで」

「木を隠すにゃあ森の中ってな。江戸に戻って昔の仲間んところにでも行こうと思ってな」

「じゃあ、あっしも」

丑五郎が遠慮がちに安五郎を見た。

「だってお前ぇは」

「江戸に行ってみてぇと思ってたんです」

流人頭は、への字に口を曲げて安五郎に目をやる。

「こ、こ、こいつが決めることだ。こいつが江戸に行きてぇと言うんなら、お、お、俺が止める訳にゃあいかねぇ」

「すいやせん」

顎をわずかに上下させる程度に辞儀をした。

「は、早く行け」

掌を振って安五郎が言った。

「それじゃあ親分」

丑五郎が背をむける。

ついてゆく。

安五郎はすぐに見えなくなった。

「箱根さえ越えちまえば、江戸はすぐそこだ」

獣道を歩く丑五郎についてゆく。

島抜けの大罪人だ。関所を越えられるはずもない。細い道であろうと、人が通るような場所は避けて進む。

道などどこにもない。腰まである草と一面を覆い尽くす木々の間にうっすらと見える土を選んで歩く。土が見える場所だけ、草が左右に分かれて道の体(たい)を成している。まさに獣道だ。地の杣人(そまびと)でも通らぬようなところを、丑五郎の勘に頼って進む。

気を付けろ。

早く逃げなきゃ捕まるぞ。

鬼に捕まりゃ殺される。

気を付けろ……。

「御頭(おかしら)」

島で呼んでいたように言った。

「ん」

これまで一度も見たことのないような穏やかな顔付きで、丑五郎が振り返る。その顔を見たのはほんのわずか。丑五郎がしっかりこちらを見た時には、前のめりになり抱き付いていた。

「っ……」

小さな声が混じった息の塊を丑五郎が吐いた。耳元で荒い息遣いが聞こえる。肩の上に顎を置くような形で、丑五郎が体の重さのいっさいを預けてきた。

「な、なんでだ」

掠れた声で流人頭が聞くから優しく答えてやった。

「浜に着いた時、貞蔵が槍を捨てたでしょ。あの先に括りつけてあった包丁を取って隠しといたんですよ」

「なんで」

「あぁ、そういう意味じゃないんですね」

震えている。

小刻みに。

だから手に力を込めて、もっともっと深く突き刺してやる。柄の根元まで入ってから、肉のなかで切っ先をぐいと上げ、思いきり回してやった。

吐き気をもよおしたような耳障りな声を丑五郎が上げた。

「な、な、な……」

もはや何故と問うことすらできないでいる哀れな流人頭の耳元でささやく。

「大丈夫ですかい」

答えが返ってくるはずもない。

重い。放ってしまいたくなるのをこらえながら、激しくなってゆく震えを全身で感じる。

「治吉」

聞いた丑五郎が一度だけ大きく揺れたような気がした。

「覚えていやすかい」

荒い息遣いの合間に、かすかな音が混じっている。なにか言おうとしているのかも知れないが、どうでも良かった。

「あいつは芋を盗んで死んだ。いや、殺された」

金太まわし。首に縄を巻いた時の治吉の顔を、いまでも覚えている。何故、己が殺されなければならないのか。目で必死に訴えていた。が、同じ船で島に流れ着いた男の訴えを無視して、細い首に淡々と縄を巻いた。肉に喰い込まぬよう縄のよりを解いて、しっかりと巻き付け、他の流人たちの手を借りて松の木に。

吊るした。

涙と鼻水と涎を撒き散らしながら、のたうち回った挙句、治吉は死んだ。暴れ回った所為で、大人しくなってからも随分と回っていた。

くるくるくるくる。

回っていた。

「墓に名前を刻んでいたあっしを呼び付けたあんたは、治吉が盗んだ芋を喰ってやしたね」

女流人とまぐわいを終えた後、この男の腹を満たしたのは治吉に盗ませた芋だった。

「治吉だけじゃねぇ」

丑五郎がひときわ大きな呻きを吐く。震えは少しずつ収まってきた。

「新造も井三郎も、あんたが盗ませた所為で殺された」

「お、おま……」

震える顔が回り、血走った目がこちらを見た。瞳が驚くほど小さい。

憎々しげににらんでくるから。

精一杯笑ってやった。

「あっしはねぇ旦那」

引き抜く。

生温い物が手首まで濡らす。丑五郎の腹から噴き出した血が、足を覆う藁屑まで赤く染めていた。

寝かしてやる。

しゃがんで顔を覗き込む。

「あんたを殺せりゃ、どこだって良かったんだ。島だろうと、伊豆だろうと、江戸だろうと、どこだって良かった。あんたの気の緩んだ背中を見てたらね、あぁ殺すんならいまだって思ったんだ」

生きている。光が絶えない目が覗き込む。

にらんでいる。

だからやっぱり。

笑ってやった。

「鬼は誰かを捕まえたら人に戻らなきゃ。殺すんじゃねぇ、捕まえるんですよ。殺しちまったら鬼が人に戻れねぇでしょ。だからずっとあんたが鬼。そんな面白くねぇ遊びはもううんざりなんだ」

喉の奥から吐き出される息に勢いはない。

「安心しな、最後まで見守ってやるから」

笑みのまま見つめた。

震えている震えている震えている。

「旦那」

「な」

まだ声を吐けるらしい。ならば問うてみる。

「あっしの名は」

「か、かく……」

角蔵と言う前に、丑五郎は事切れた。

「違うよ」

動かなくなった丑五郎の耳元にそっと口を寄せる。

「いち抜けた」

立ち上がって。

歩き出す。

行く当てなどどこにもなかった。

*

彼等が見たのはまさしく黒船（くろふね）だった。韮山代官をはじめとした公儀の面々は、その対応に追われ罪人の島抜けに人を割く余裕はなかった。

安五郎は無事に甲州に逃れて吃安（どもやす）と呼ばれ、島抜けを金看板にして大親分となった。貞蔵は江戸で捕えられ打首になった。

丑五郎を殺した男の行方（ゆくえ）は誰も知らない。

忘れ亡者

奴吾(やつがれ)もね、幽霊ってな御天道様(おてんとさま)の光を嫌うもんだと思ってたんだ。だから朝日が射(さ)す刻限になるとすうっと消えちまって、昼の間はいねぇもんだと思ってたんだよ。

でもね。

いるんだ。

御天道様の光が強いもんだから、透けちまって見えなくなっちゃいるが、ちゃんといるんだよ。そちこちに立ってらぁ。生きてる人にゃ見えねぇが、こっちはちゃんと見てるんだ。奴吾だって、こんな身の上になって初めて気づいたんだから、まぁ普通はわからねぇよな。

もう長い間こうしてっから、なんで語りかけてんのか、誰に話してんのかわからなくなっちまってんだけどね。まぁ、こうしてずっとひとりで同じところに突っ立ってると、人恋しくなっちまうもんだから誰にともなく語りかけてんだ。もしかしたら手前(てめ)ぇのなかのもうひとりの奴吾に話してんのかも知れねぇけど、そんなことはどうだっていいや。とにかくこうやって話している方が、気が楽だってだけの話さね。

いや。

いる気がするんだ。奴吾がここに立ちはじめてからずっと。そこにいるんだろ。答えちゃくれねぇが、なんとなくわかってんだ。奴吾はあんたにむかって語りかけてるんだな。多分。もう何度も話したけど聞いてくれよ。奴吾がどうしてこんなことになっちまったのかをさ。

辻斬りさ。

若い侍だ。生っ白い顔して、へらへら笑ってやがった。寝間着みてぇな真っ白い単衣の着流しでよぉ。あ、なんだこいつ、腰の刀に手ぇかけやがったぞ。と、思った時にゃ。

奴吾は宙に浮いてた。倒れてたんじゃねぇ。浮いてたのさ。

あぁ、こりゃ体から離れちまったと、すぐに気付いたね。え、奴吾は一度、魂が体から抜けちまったことがあるのさ。

四つの時よ。まだ満足に喋れねぇ餓鬼だったくせに、そん時のことははっきりと覚えてる。家の裏に大きな松の木があって、十も離れた兄貴がそれをいつもすいすい登るんだ。心底羨ましくてねぇ。でも兄貴やおふくろがいる時は、登らせちゃくれなかった。

そん時は、なぜかおふくろたちがいなくて、ひとりで縁側に座らされてたんだ。この時とばかりに裸足のまんま庭に降りて、松の木に手をかけた。ごつごつとした硬い皮が赤かったのをいまでもはっきりと覚えてる。ありゃ赤松だったんだな。どこまで登ったのかはっきり覚えちゃいねぇ。ただ無我夢中でしがみついてた。気付いたらひとりじゃ降りられねぇところまで登っちまってた。子猫と一緒さね。でも猫みてぇにみぃみぃ泣いて助けを求めやしなかった。おふくろにばれたら叱られると思ってたからな。それで、ひとりで降りようと、なんとか届きそうな瘤(こぶ)に足を伸ばしたんだ。その途端、体が軽くなった。

で、気付いたら寝てる自分を遠くから見てたのよ。松の木の下にうつぶせで動かねぇ自分の姿を覚えてる。不思議と怖くはなかったね。なんであんなところに寝てんだろってな感じで、他人事(ひとごと)みてぇに眺めてた。

奴吾ぁ浮いてんだ。ふわふわと。浮いたまま、兄貴のお古の着物で作った前掛けしか着けてねぇ自分を眺めてんだ。生っ白い尻が微動だにしねぇのよ。いまなら死んじまったんじゃねぇのかと不安になったりもするんだろうが、そん時は思わなかったね。本当にぼんやりと、ただ眺めてた。

そしたらね。いきなりむくりと起きたんだ。奴吾が。起きたかと思ったら、ふらついた足取りで家の方に歩いてくんだ。短(みじけ)ぇ指が生えた小さな足でぺたぺたとよ。そして登るようにして縁(えん)に這(は)い上がると、板間に上がって大の字に寝転んだ。

その時よ。

頭が割れるように痛くなって、目を閉じちまった。で、起きたら板間に寝転がってたのよ。もう浮いちゃいなかった。戻ったんだ。手前ぇの体に。

いや、そんなことがあったから、今度も同じだって思ったのよ。もし同じだったら下の方に手前ぇの体があるはずだって。

あったよ。

死んでた。

肩から臍のあたりまでばっさり斬られて、どっからどう見てもくたばってた。

それでも奴吾ぁ、手前ぇの体に入ろうとしたのさ。浮いてるっていっても手や頭は動くからね。水を掻くようにして必死に腕を動かしてさ、潜るようにして手前ぇの体に入ろうともがいたんだ。

まぁ無駄だったんだけどな。だからここにいるんだけどよ。

そうそう、奴吾が浮いてるこのあたりに、倒れてたのよ。奴吾が。いやぁ、人が斬られてるところなんざ初めて見るもんだから。驚いちまったね。骨ってな、あんなに綺麗に斬れるもんなんだね。肩口から斬りつけられてんだぜ。何本も肋があるってのに、ばっさりといかれちまってんだもん。斬った侍の腕が良いのか、刀が良いのか。そもそも人なんざ、刀で斬りつけりゃ簡単に斬れちまうものなのか。よくわかんねぇけど、手前ぇの骸を眺めながら感心しちまったもんね。

そのうちに朝が来て、ここいらの人だろうねぇ。爺ぃが俺に気付いて大騒ぎよ。役人やらなにやらが大勢来て、戸板に乗せられて連れていかれちまった。

それ以来、奴吾は奴吾に会っちゃいねぇ。そりゃあ、手前ぇがどうなったのか気にはなるさ。

でも、こっから動けねぇんだからどうにもならねぇもんよ。女房子は奴吾が死んだことに気付いてんのかねぇ。ちゃんと弔いを済ませたのか。涙のひとつもこぼしてくれたのか。知りてぇよ。でも、わからねぇもん。だって動けねぇんだから。どんだけ頑張っても、足が地に縫い付けられちまったみてぇに動かねぇ。といっても足、ねぇんだけどね。いやぁ、本当に足なくなるんだなぁ。腰のあたりからぼやけてんの。足先のあたりは綺麗さっぱり消えちまって、夜の闇でも浮かび上がらねぇんだから。幽霊の絵描いた奴は大したもんだ。見えてたんだよ。奴吾のような者の姿が。

　女房子かい。

　来なかったよ。一度も。手前ぇの旦那がどこで死んだのかなんざ、どうでも良いんだろうよ。子供はまだ小せぇから、おっ母が行くと言わなきゃ、手前ぇだけで来られやしねぇよ。兎に角、女房も餓鬼も、あれ以来一度も見ちゃいねぇよ。

　寂しかねぇ……。

　こともねぇけどよ。

　だからといって、どうしようもねぇじゃねぇか。動けねぇんだから。会いに行こうにも行けねぇし、あっちだって来ちゃくれねぇんだから、どうやっても会えねぇんだ。女房や餓鬼が死んだとしたってよ、奴吾は現世に縛られちまってんだから、奴等が幽世に行ってもやっぱり会えねぇのよ。

八方塞がりって奴さ。

生きてる時に聞いた怪談話とかでよ、死んだ者が枕元に立つとかあったんだが、あれってどうすりゃできるんだろうね。話によっちゃ、いろんなところにほいほい出てくる奴もいんだろ。幽霊。ありゃ羨ましいぜ。だって、動けるんだもん。動けるってんなら、女房子に会えなくたって良い。動けるだけで有難ぇや。ひとつ所に縛られてるってな、こりゃきついぜぇ。頭おかしくなっちまう。

こうやってひとりで話すのも仕方ねぇだろ。だって、ずっとひとりなんだから。誰だって奴吾みてぇな目に遭わされたら、おかしくなっちまうって。

なんでこんなところを夜中に歩いてたのかって。知らなかったのよ、辻斬りが出るなんて。だって奴吾ぁ、このあたりの者じゃねぇんだから。行商よ。そう、棹担いで歩いてなんぼの商いさね。奴吾ぁ、ばた屋よ。屑ぅお払いぃなんつって歩いて、屑買って歩くのさ。なんでも買うよ。使い古しの紙屑や古釘に、底の抜けた茶碗なんてのまで。集めた屑は、仕切場が引き取ってくれんのよ。大体、屑屋が屑買うための銭だって、仕切場が出してくれんだから。

ばた屋にゃばた屋の決まりがあってね、見知らぬところで商いしちゃいけねぇの。ちゃんと縄張りってのがあるんだ。長屋の大家に話付けてねぇと、えれぇ目に遭う。一度、なんも知らねぇ奴が奴吾の縄張りで勝手に屑買ってやがったから、仲間と一緒にとっちめてやった。どんなものにも決まりがあらぁな。そいつぁ守らなきゃなんねぇ。

幽霊にも縄張りがあんのかね。ここが奴吾の縄張りだから動いちゃいけねぇってのかい。奴吾ぁばた屋なんだ。縄張り以外で商いはしねぇ。なのになんで、夜中にこんなところを歩いてたのかってことだよな。

呼ばれたんだよ。昔世話になった御人にょ。

いや、話すと長くなるんだけどよ、奴吾は、ばた屋んなる前ぇは中間奉公を長ぇことしてたのさ。御武家様に仕えるあれよ。年季雇いでいろんな家を転々としてたね。そん時ぁ、まだ女房子がいなかったから、気楽なもんだったぜ。下屋敷で仲間と一緒に夜な夜な博打さ。近くから客を呼んで大層繁盛してた時もある。楽しかったなぁ。気楽で。

そのころに世話になった口入の親父がいてよ。その人が、見てもらいてぇ品物があるってんで、わざわざ出向いて行ったのよ。さる大名家で使われていた由緒正しい南部の鉄瓶だって言って見せてくれたんだけどよ。奴吾にゃあ大した物には見えなかった。大体、そんな代物をばた屋の奴吾に買い取らせようなんて普通は思わねぇだろ。小銭が欲しかったんだろよ。訳は聞かなかったけど。なんとか言いくるめて誤魔化して、買わずに店を出たんだ。ちぃとばかり遅くなっちまったから、近道しようと裏に入ったばっかりに、この有り様よ。

欲出すもんじゃねぇよなぁ。掘り出し物だからって縄張りの外で仕入れてひと儲けなんて考えるもんだから、こんな目に遭っちまう。罰ってのは当たるもんだな。悪いことはできねぇもんだ。

い、いや、うぅん……。このあたりに足を延ばした理由はそれだけじゃねぇ気もすんだよなぁ。でも、思い出せねぇんだよ、そこら辺のところが。

なんか忘れてんのかね、奴吾は。

頭が痛くなってきた。こんな姿になっちまっても、痛むものは痛むんだねぇ。こんな身になるまで知らなかったぜ。なんか大事なことを考えると、頭の芯のあたりがきゅうっと痛くなっちまう。痛ぇ痛ぇと思ってるうちに、なにを考えてたのか忘れちまうのよ。

で、奴吾ぁなにを考えてたんだっけ。

まぁいいや。

兎に角、ここで斬られちまったのよ奴吾は。それからずっとここにいる。朝も夜も関係ねぇ。晴れようが雨だろうが、お構いなしだ。こうして喋ってねぇ時は、ぼんやりと前見て突っ立ってる。突っ立ってるって言っても足がねぇから、浮かんでるんだがな。

そう、笑えねぇのよ。どんだけおかしいこと言っても、笑えねぇ。腹に力が入らねぇんだ。喉や舌はまだ濃いから良いが、腹のあたりはずいぶん透けちまってるからなぁ。笑うには、腹の力がいるだろ。喋るだけなら喉と舌がありゃなんとかなる。でも笑うのはそうは行かねぇ。腹の力使わなきゃ笑えねぇのよ。

唇は動く。だから口の端を吊り上げることはできる。目も同じだから、笑った顔はできるのよ。でも、それじゃあ笑ったってことにゃあなんねぇだろ。やってみりゃわかるよ。顔だけ笑ってみろよ。声がなけりゃ、おかしいって思う気持ちを吐き出した気になんねぇだろ。虚しいだけだぜ。

おっ。

ありゃ、奴吾に気付いてんな。じっとこっちを見てやがる。

昼だぜ。雲ひとつねぇ嫌んなるくらい真っ青な空だ。手前ぇで手前ぇの体が見えてんのにびっくりするくれぇなんだ。人に見える訳がねぇ。

でもありゃ確かに見えてんな。眉を吊り上げて肩震わしてやがる。まだ餓鬼じゃねぇか。紅も差しちゃいねぇ。

試してやるか。

ほら、やっぱり見えてやがる。奴吾が近寄ってくるんじゃねぇかと思って、仰け反りやがった。

行ける訳がねぇじゃねぇか。動けねぇんだからよ。

おっ、連れが立ち止まってる餓鬼に気付きやがった。ありゃあ父親か。ずいぶん若ぇな。一丁前に二本差しやがって、偉そうに歩いてんじゃねぇってんだ。お前ぇの娘はこっち見たまま固まってんぞ。

おうおう指さしてやがる。やっぱり見えてんな。親父の方はどこ見てんだ。娘が指さしてんだろ。ここだよ、ここ。

そんなに叫ぶなよ。親父が驚いてんだろ。ちょっと笑った顔してみただけじゃねぇか。大袈裟なんだよ。

あぁあ、もう抱けるような歳じゃねぇだろ。そんな抱き方して変に思われるぞ。人攫いに間違われちまうって。

行くなよ。

おい、待てよ。

もう少し楽しませてくれよ。

けっ。

そう。見える奴には見えるんだ。昼間だってね。まぁ、どっちかって言うと夜の方が多いんだけどな。夜の方が濃くなるから。うん、奴吾の姿が。さっきも言ったけど昼間は透けちまうから、いるのかいねぇのかわかんなくなっちまう。いまの娘はよく見える性質だったんだろな。

餓鬼に多いな。しかも男より女だ。

見えるからって話ができるわけじゃねぇんだなこれが。奴吾はこうやって話しちゃいるんだが、あっちにゃ聞こえねぇらしい。どんだけ大声を張り上げて叫んでみても、化け物でも見たような顔でこっちを見つめて、最後には逃げちまう。まぁ、化け物見てんだから仕方ねぇんだけどな。

ほら、笑えねぇ。これが地味にこたえるのよ。人ってな笑えてなんぼだぜ本当によ。

だいたいこっちは怖がらせてぇなんてひとつも思ってねぇのにな。生きてる時は、お化けなんてもんは、人を怖がらせたくて出てくるもんだとばかり思ってたんだ。

違うよ。

怖がらせたいなんてこれっぽっちも思っちゃいねぇ。少なくとも奴吾はね。ただただ突っ立ってるだけ。なのに、あっちの方で勝手に怖がっちまう。そりゃ、無理もねぇとは思うよ。だって、肩から腹までばっさりと斬られて血塗れの傷口晒した奴が、真っ青な顔して突っ立って自分のこと見てんだから。怖くねぇって方がおかしいや。

でも考えてみてくれってんだ。別にこちとら、お前ぇのためにわざわざ出てきた訳じゃねぇんだよ。ずっといんの。ここに。うろつけねぇの。たまたまお前ぇが、奴吾の姿が見えちまってるってだけでよ、こっちはこれっぽっちも恨んでなんかいねぇし、なにかを訴えてぇとも思ってねぇもんよ。

怖がりたくねぇんなら、こっち見んじゃねぇっての。

いるのよ。毎日のようにここを通っていく奴のなかに。お前ぇ絶対ぇ奴吾が見えてるよな、って奴が。見えてるくせに、わざと見えねぇふりしてんだよ。

男だ。

三十がらみの、どっかの奉公人だよ。この先に贔屓の客か取引してる店でもあるんだろうさ。二日にいっぺんは必ず奴吾の前を通るんだ。ここは一本道だろ。奴吾の裏手は鎮守の森で鬱蒼としてるし、目の前はどこぞの御武家様の屋敷の白壁が続いてる。奴吾の前を通り過ぎるしかねぇんだ。

そいつ、顔を強張らせたまんま肩を思いっきりいからせて地べたにらんで歩いてくんだ。そのくせ奴吾の前を行き過ぎる時だけ、たまにちらと横目でこっちを見るのさ。そして見た時は決まって足が速くなる。一度、そいつが横目でこっちを見た時に、わざと口をぱくぱくさせてみたのよ。そしたら体が跳ねて、両足が浮いたかと思った途端に悲鳴を上げて走り出しやがった。

笑えねぇの。

おかしかったけど。

そんなことがあっても、そいつはいまもここを通ってる。主人から命じられてんのか、どうしてもここを通らなけりゃならねぇんだろね。かわいそうに。

別に怖がらせたかねぇよ。そいつだけだって。あんまりにも見て見ぬふりするもんだから、ちょっと悪戯してみたくなっただけさ。

怖がらせるの仕事じゃねぇもの。

仕事だってんなら、奴吾も頑張るよ。千人怖がらせたら、動けるようにしてやるって仏さんが言うんなら、どんだけでもやってやる。つっても声は出せねぇし、動けねぇし、見える奴は限られてるから、頑張りようなんてねぇんだけどよ。

見える奴んなかにも、色々なのがいるよ。
妙な女がいたなぁ。
見付けたっ。って感じでよぉ、鼻息荒くして奴吾をにらんでんのよ。他には誰もいねぇよ。ひとりさ。

どっかで奴吾のことが噂にでもなってるのかね。あきらかにその女は奴吾を見に来たって感じだったな。夜だよ。丑三時さ。女がひとりで出歩くような刻限じゃねぇよ。提灯ひとつぶら下げて、こんな人気のねぇところを歩くなんざ、正気の沙汰とは思えねぇ。奴吾だけじゃねぇよ。辻斬りだって出るんだから。もしも奴に出くわそうもんなら、斬られて仕舞ぇよ。

なに考えてんだと、そん時も思ったね。

その女、提灯の明かりを奴吾の顔んところまで持ってきて、しげしげと眺めてんだ。それで、あぁ本当にいる。なんてつぶやいてんだ。奴吾はどうしていいもんかわからなくなっちまって、ただぼんやりと女の顔を眺めてた。

その女、ひとしきり奴吾の顔を提灯の火で照らしたかと思ったら、なにも言わずに帰っちまいやがった。

そっからが大変だったのよ。

次の日の夕方んなって、その女が大勢引き連れてやってきた。十人以上はいたぜ。町人だけじゃなくて、侍もふたりほど交じってた。そのなかに偉そうな坊主がいてよぉ。爺ぃなんだ。

伸びた眉毛が真っ白でよ。歯のねぇ口動かして女にむかって、にゃむにゃむ言ってんだ。かと思ったら、そいつが皆の前に躍り出て女が横に立って、その後ろに他の奴等がずらりと並ぶんだ。奴吾ぁなにが始まるのかとそわそわしてた。

目が合ったのは女だけ。

坊主は、いますなぁ、なんぞと偉そうにほざきながら、あらぬところを見てたっけ。女よりもどうやら坊主の方が偉(えれ)ぇみたいで、爺ぃが、いると言った途端に、馬鹿な奴等がそろって唸(うな)るんだ。

皆が並んだかと思ったら、いっせいに手を合わせて拝みだした。それを確かめた坊主が、数(じゅ)珠(ず)を手に経を唱えはじめたのよ。

わからねぇよ。

生きてるころから、わかんねぇよ。だってあれって、あれだろ。天竺(てんじく)かどっかの言葉を、無理矢理唐(から)の言葉に直して、それをこっちに持ってきて唱えてんだろ。わかるわけねぇじゃねぇか。死んだからって、なんも変わらねぇよ。わかんねぇもんはわかんねぇ。あんなもんで成仏できんのは、餓鬼んころからまじめに学んだ坊主が死んで奴吾みてぇになった時だけじゃねぇか。その坊主にゃ意味がわかるから、なるほどって感じで仏さんのところに行けるだろうよ。

奴吾は無理。どんだけ坊主が神妙な顔して経を唱えてみたところで、右の耳から左の耳にするりするりと抜けちまう。

ずいぶん長いこと坊主は唱えてたね。やっと終わったと思った時は、空に星が瞬（またた）いてやがった。いつしか連れの何人かが提灯を用意して火を入れてた。皺（しわ）くちゃの坊主が下から照らされて、ずいぶん不気味だったぜ。

唱え終えた坊主が訳のわからねぇとこ見ながら、神妙な面持ちで何度もうなずいてんだ。そして、成仏いたしましたな、なんぞと偉そうに言いやがる。多分、奴吾が成仏したって意味だったんだろうね。

してねぇよ。

だってまだここにいるもん。

でも爺ぃの言葉を聞いて、連れの奴等は一様に安心してたね。いまにして思えば、あん時坊主の後ろに並んでたのは、白壁のむこうの奴等だったんじゃねぇのかな。それとも、ここの鎮守の森の奥にある社（やしろ）の氏子かなにかか。とにかくこの通りに奴吾がいるって噂に困ってる連中だろうと思うね。でも悪い噂は、奴吾だけじゃねぇはずだろ。辻斬りもいるじゃねぇか。そっちはどうなるんだ。兎に角、どうにかなる方だけ片付けようって腹なのか。冗談じゃねぇ。まだ奴吾はここにいるぜ。

安心して笑ってる奴等が、爺ぃに礼なんか言ってたりすんのよ。そんなかで女だけが、まだずっと奴吾の方を見つめてた。で、それに気付いた男が、声をかけたんだけどよ、女は別になにもないってな感じで首を横に振ってこたえると、二度と奴吾を見なかった。それ以来、あの女も坊主も見てねぇな。

銭、貰ったのかも。だとしたら奴吾を利用して儲けたんだ。礼のひとつでもしに来いってんだよなぁ。

あぁ、一度なんか夜鷹に見られた。

こんなところで稼ぐなんざ、まともなとこで商売できねぇ女だったんだろうね。客引くためにここいらをうろうろしてる時、目が合ったのよ。

いや良い女だったよ。月明かりに浮かぶ青白い顔がなんとも言えなかったね。紅を引いた唇がぽってりとして、生きてたら買っちまってたな。

悪い噂が絶えねぇ通りさ。夜んなると人はいねぇ。そんなところで女を買う奴なんざ、いやしねぇよ。

……って、奴吾は思ってたんだ。

いたのよ。

化け物みてぇにでかい野郎だったね。蒸し暑い日だったから袖を肩までまくり上げてた。襟を大きく開いて腹まで見えてたんだが、あらわになってるところにゃ、強い毛がもじゃもじゃ生えてんのよ。髭も生やし放題で、どこぞの山賊かと思ったくれぇだ。端っこだとはいえ、江戸の朱引きの裡だぜ。こんな野卑な奴が往来を歩いてるたぁ思わねぇや。夜鷹も奴吾と同じようなこと思ったのかも知れねぇ。一度声をかけるのを戸惑い、大股で歩く男に背をむけた。が、どうしても銭がいるんだろうな。意を決して声かけた。男は笠の下にある女の顔をしげしげとうかがってから、首を縦に振ったのさ。

奴吾が立ってるところはさすがに嫌だったんだろうね。夜鷹は男を遠くまで導いて、森んなかに消えた。

こういう時ぁ、動けねぇのを呪うね。

死んでんだから、いまさら女とどうこうなろうなんざ思っちゃいねぇよ。でもよぉ、なぜかそういう興味はあるんだよなぁ。手前ぇでも不思議なんだけどよぉ。肩からばっさりいかれてんだぜ。腹から下は透けてんだ。どうしろってんだよな。なのに、見てぇと思うんだ。あの女がどんな顔して、あのむさくるしい男に抱かれてんのか知りたくて仕方ねぇんだ。

女が消えたあたりの森をずっと見てた。するとそのうち、男と女が出てきた。事を済ませた男は、足早に去っていった。

女はまた客を探しはじめたよ。

奴吾を避けながら。丸めた茣蓙を抱いて、来し方と行く末を交互に見やる女の顔が、奴吾が立っているあたりには向かねぇんだ。白壁に背をつけてしゃがんで暇を潰してる時も、奴吾から顔を背けてる。こっちはもう一遍、御尊顔を拝し奉りてぇと思ってんのに、目を合わせちゃくれねぇ。だったらなんで、こんなところで客待ってんだと怒鳴ってやりたかったけど。

喋れねぇもん奴吾。

なんかあん時ばかりは本当に、手前ぇのことが虚しくなったね。

その夜鷹がどうなったかって。

斬られたよ。

辻斬りに。

そうそう奴吾を斬ったのと同じ奴さ。白い着流しの若い侍だよ。ふたり目の客を取ることなく、女は斬られて死んだのさ。次の日には戸板に乗せられてどっかに運ばれていっちまった。

それ以来見てねぇよ。

奴吾みてぇにならなかったようだしな。だって女が死んだのは、そこんところだもん。ほら、なんも立ってねぇだろ。

成仏したのかねぇ。

奴吾と違って、肉親にちゃんと弔ってもらったのかもしれねぇな。だからあの女はここにいねぇのかも。

でもよぉ、そう考えるとおかしいよな。

だって奴吾は、戸板に乗せられて運ばれる自分をここから見てたんだぜ。ということは死んだ時にはもう、ここにこうやって立ってたんだ。あの女は斬られてから一度として、体から離れた姿を見てねぇ。弔われたからどうこうって訳じゃねぇんだろうな。

どうなったらこうなるのか。そんなこと考えても仕方ねぇんだけど、やっぱ考えたくなるよなぁ。兎に角、奴吾はここに立ってる。そんだけのことなんだけどな。

辻斬りのことかい。

奴吾を斬った後も、ここで何人か殺(や)ってるよ。あの夜鷹以外にふたり斬ってる。奴吾はここに立って見てるよ。ぜったいに夜だ。あの侍は夜にしか現れねぇ。

手前ぇを殺した奴なんだ。なにがあっても顔は忘れねぇ。にやけたむかつく顔した野郎だよ。奴は昼日中にここを通ることたねぇ。侍が通る時は目を凝らして見てっから、胸張って言えるよ。

それと奴には奴吾は見えてねぇ。

奴が現れる時はかならず夜中だ。奴吾の姿が一番濃い時さね。でも奴は奴吾の前を通り過ぎる時もいっさいこっちを見ねぇ。見えてねぇのさ。

だから幽霊が恨みを晴らすために出てくるなんてな大嘘(おおうそ)なんだ。恨みを晴らすためってんなら、奴吾のことが真っ先に見えなきゃなんねぇのは、あの侍じゃねぇか。奴には見えねぇってんだから、恨みを晴らそうにも晴らせねぇじゃねぇか。あぁ、腹が立つ。

他の斬られたふたりか。

どっちもいねぇよ。戸板に乗せられ運ばれてそれきりだ。

ひとりは丁稚(でっち)みてぇな若ぇ男。もうひとりは四十がらみの大工って感じの男だったな。みんな肩口からひと太刀(たち)よ。あの侍が同じ相手に二度振ったところは見たことたねぇ。手練(てだ)れなんだな、多分。

現れる時は必ずひとりだ。提灯なんか持っちゃいねぇ。どんな闇夜だって、昼間みてぇにしっかりとした足取りで歩きやがる。

そういや。

あいつが現れる時は必ず、通りに人がいる時だ。どっかで見てんのかも知れねぇな。じゃなけりゃ、そんなに都合良く人に出くわす訳ゃねぇもんな。

何者なんだろあいつ。

気になるけど、こっから動けねぇから調べることもできねぇし、あいつに見えねぇから復讐することもできねぇんだよな。

なんなんだろな奴吾って。だいたいなんで、奴吾だけ死んだ後もこうやって立ってなきゃなんねぇんだ。みんな死んだらそれっきりだっただろ。奴吾だけだよ。ここにいるの。

頭がおかしくなっちまう。

なんか生きてる間にやっちまったのかな。だから成仏できずに、この世に留まってるってのか。

だったら動けるようにしてくれってんだ。

無念を晴らすにしても、動けねぇんじゃどうにもならねぇだろ。奴吾は生きてる時にどんな奴だったんだよ。そんなことさえ、ちゃんと思い出せねぇんだ。餓鬼のころ魂が抜けたことや、幽霊が見える奴のような下らねぇことは覚えてんのによ。

嫁がいた。息子もいた。それは覚えてる。嫁とはあんまり仲が良くなかったように思う。だって家のことを思うと嫌な心持ちになるから。その時に頭んなかを掠めるのが、嬶ぁらしき女の怒りを露わにした背中なんだ。だから多分、奴吾ぁ嬶ぁと上手くいってなかったんだろうな。

商いはばた屋だ。屑買って売って銭を得てた。

貧乏だった……。

よな。

なんだ、なんかしっくり来ねぇぞ。

銭はなかったはずだ。だって、ばた屋なんだから。金持ちのする商いじゃねぇや。借りた銭で屑を買って、銭借りた相手に売りつける。その差が稼ぎってわけだ。儲かる生業じゃねぇ。女房子食わすだけで精一杯だ。思い出す家は、家なんて呼ぶのも烏滸がましいような便所際の古長屋だ。長雨でも降った日にゃ、長屋連中の糞尿の臭いが湿気に乗って流れ込んでくるようなぼろ小屋に、女房と餓鬼と三人で住んでたはずだ。

生きてたって、いまとあんまり変わらねぇ暮らしだった。同じところ回って屑買って、ちっとばかしの銭を貰ってぼろ小屋に帰る。その繰り返しだ。ここにじいっと立ってる方が、通りを行く人が毎日変わるだけ目新しくて良いかも知れねぇや。

貧乏だったさ。ぜったいに。なのになんで、こんなに落ち着かねぇんだ。銭がなくて心底苦しんでたはずなんだよ奴吾は。銭が欲しくて欲しくてたまらなかったんだ。

そうだよな。

あぁ、また頭が痛くなってきた。いったいなんなんだ。痛くなって目が回って。

奴吾はなにを考えてたんだっけか。

まただ。

忘れちまった。頭の痛みが消えた途端に、なんかどうでも良くなっちまう。幽霊ってなそういうものなのかね。生きている時に苦しんでたことから救われるために、こうして突っ立ってんのかね。そりゃそうだよな。生きてた時の苦しさなんて、いまの奴吾にゃあ関係ねぇもん。腹が空かねぇから食わねぇし、こんなにざっくり肩が裂けてんのに痛くも苦しくもねぇし、眠くもねぇし、雨が降っても透けてっから濡れもしねぇ。ねぇねぇ尽くしだ。

こんなに気楽なこたねぇや。生きてるころに面倒だった一切から放たれて、清々してらぁ。ひとつだけ面倒なことは、ここから動けねぇってこったな。これさえなけりゃ、ずっとこうして幽霊してても構わねぇんだけどね。

「痛いんだろ、あ、た、ま」

なんだっ。

いま、なんか言ったか。

はっきりと聞こえたぞ。どっからだ。どっから聞こえたんだ。畜生、わからねぇ。おい、どこかで奴吾の話を聞いてんのか。聞いてんなら答えろ。

女……。

の声だったよな。

痛いんだろ頭って言いやがった。なんだよ。こんなにはっきりと誰かの声を聞いたのは死んでから初めてだぞ。こっちの声が生きてる奴に聞こえねぇように、あっちの声も聞こえねぇんだ。ずっとひとりじゃねぇか。こうやって話してんのも、誰かにじゃねぇ。

いる。

どっかにいるんだ。近くに感じはする。でも見たこたねぇ。だからいつも、そいつにむかって話しているつもりではいるんだ。でも、本当にそいつがいるかどうか。奴吾にはよくわからねぇ。

見たことねぇもん。

だって。

頭は動かせるけど、体は回らねぇんだ。足がねぇだろ。腹の下はうっすらとぼやけてしまって、見えねぇ芯みてぇな物で地に縫い付けられちまってるんだ。

だから奴吾は。

真後ろは見えねぇんだ。

いるとしたら、そこしかねぇ。そこしかねぇけど、体が回らねぇ。

なんだよ。

いるんだろそこに。

いまの声はお前ぇか。お前ぇが喋ったのか。奴吾ぁ、いつもお前ぇに話しかけてんだよ。いるかどうかもわからねぇお前ぇさんによ。なぁ、喋れんのならなんとか言ってくれよ。

痛いんだろ頭、か。

そうだよ、お前ぇの言う通りだよ。ざっくりと肩切り裂かれて痛くねぇってのに、どうして頭が痛くなるんだよ。生きてたころと同じ苦しみは、頭の痛さだけだ。なんか大事なことなのか。頭が痛くなることと、奴吾のこの様（ざま）になんか繋（つな）がりがあるってのかよ。

答えろよ。なぁ、どっかにいるんだろ。聞こえたぞ、お前ぇの声。たしかに言う通りだ。面倒なこと考えると、頭が痛くなる。そしてすぐに忘れてどうでも良くなっちまうんだ。なんか大事なことがあんのか。考えちゃいけねぇことでもあんのかよ。

だいたい奴吾ぁ喋ってんのか。自分の声を耳で聞いてるつもりじゃいるが、本当に喋ってんのかわかんなくなってきた。奴吾が見える奴にも、奴吾の声は聞こえねぇ。往来を行く奴等の声も、鳥や虫の声も奴吾にゃ聞こえねぇ。だったら声なんて意味がねぇじゃねぇか。喋ってると思ってんのは奴吾だけで、本当は声なんか出ちゃいねぇんじゃねぇのか。頭んなかで言葉を紡いで、喋った気になってんのかもしれねぇ。

だったらさっきの声はなんだ。

あれだけは、はっきり聞こえたぞ。

「思い出しなさいな」

まただぁっ。また聞こえた。女だ。若ぇ。若い女だぞ。あれ。この声、聞いたことがあるぞ。どこだ。どこにいる。見えねぇよ。どこにもいねぇよ。なんなんだよ。お前ぇは何者なんだよ。

頼む。出てきてくれ。奴吾ぁ、お前ぇの声に聞き覚えがある。

そうだ。

奴吾はやっぱりなにかを忘れちまってる。

お前ぇは嗅ぁじゃねぇ。あの女の声は忘れちまったが、お前ぇの声じゃねぇことだけは確かだ。

でも。

たまに思い出す女の背中。あれは、お前ぇだ。怒ってるお前ぇだ。あれ。じゃあ、嗅ぁはどんな形(なり)してたっけ。

思い出せねぇ。

なんだ、なにがどうなってんだ。

奴吾ぁ、しがねぇぼた屋で、貧乏長屋に女房子と暮らしてたんだろ。たまたま商いで遠出して、この道を通って辻斬りに斬られて死んだんだ。

そんだけだろ。

「本当にそうかい」

違うのかよ。

奴吾ぁ、別の用があってここを通ったってのかよ。

なにを忘れてんだ。

「もう少しだよ」

あぁ、こんなことばっか考えてると、頭が痛くなりそうだ。なんだってんだよ今日は。いつもはこんなじゃねぇだろ。どんなに考え事してたって、頭が痛くなって忘れちまったら終わりだったろ。もうなにもかもどうでも良くなって、ぼんやりと往来を眺めてたじゃねぇか。

毎日毎日。

昼も夜もずっと。

幽霊は昼間もいるんだぜ。御天道様の光で透けちまってるだけなんだ。奴吾はずっとここにいる。

ずっと、って何時からだ。

殺されてから幾日経ったんだよ。何年ここに立ってんだ。何度夜が来たんだよ。何回朝日を拝んだんだ。

わかんねぇ。数えてなかったからか。いや、死んでるからだ。腹も空かねぇし、眠くもならねぇ。朝も夜も関係ねぇ。だから手前ぇが死んで何日経ったかなんて考えもしなかった。

女房子も来なかったしな。

餓鬼が何度も来れば、大きくなってくから年月を感じることもできるだろうが、通り過ぎるのは見知らぬ奴ばかりだ。知らねぇ奴が毎日のように通っても、いつもいつも同じように面白くもなさそうな面してやがるだけで、時の流れなんかに思いが至る訳もねぇ。

いってぇ、どんだけの間ここに立ってるんだ。この先、あとどんくらいここに立ってなきゃなんねぇんだ。

奴吾ぁ、いつまで耐えなきゃなんねぇんだ。

あれ。

耐えてんのか奴吾は。

ここに立ってることに耐えてんのか。

「もう少し」

そうかい。

もう少しか。って、なにが。なにがもう少しなんだってんだ。奴吾がここに立たされてんのももう少しで終わるって意味か。それとももう少し考えろってことか。だとしたら、なにを考えろってんだ。

だからもうこんな目に遭ってんのはうんざりなんだよ。

耐えられねぇんだ。

そんなこと昔も言ったような覚えがあるぞ。奴吾が言ったのか。それとも聞いたのか。聞いたとすれば、そいつはなにに耐えられなかったんだ。

あぁ、また頭が痛くなってきやがった。考えちゃいけねぇこと考えてんのか。

もう良いよ。さっさと頭が痛くなってくれよ。これ以上考えてっと、どうにかなりそうだ。

良いんだよ奴吾ぁ。死んじまってんだから。手前ぇがどうなったかとか、どうしてここにいるんだとか、難しいこと考えなくて。ずっとここに立ってんの。そしてたまに見える奴が奴吾を見付けてびっくりするんだ。噂んなったりして、前みてぇに坊主に経読まれたりして、そのうち奴吾を成仏させることができる奴も出てくるんじゃねぇのか。そん時に、おさらばできりゃそれで万々歳だ。

「駄目」

んだよ放(ほ)っといてくれよ。奴吾ぁ、このままで良いんだから。

「そんなこた許さないよ」

ずっとだんまり決め込んでやがったくせに、今日はやけに喋るじゃねぇか。知ってたんだぜ奴吾ぁ。ずっと見てただろ。いることはわかってたんだ。

奴吾は何度も何度も呼びかけたよな。いるんだろって。なんとか言えって。なのに、お前ぇはずっとだんまりだったじゃねぇか。それがなんだ。いまになってべらべら喋るじゃねぇか。なんだ、宗旨替えでもしたか。喋っても良いって新しい神さんに言われたか。

なんだよ。なにを許さねぇってんだ。答えろよ。だいたいお前ぇはどこにいるんだ。見えねぇんだよちっとも。

あぁ、すっかり夜も更けちまった。もう誰も通らねぇ。お前ぇと奴吾のふたりきりだ。出てこいよ。姿を見せやがれってんだ。

「良いよ」

本当か。

さぁ、出てこい。

「もういるよ」

どこだ。

見えねぇぞ。

「肩」

え。

ひゃっ。

手っ。

冷てぇ。冷てぇじゃねぇか。お、お前ぇ、ずっとそこにいたのか。

触られたのなんか久方振りだ。冷てぇなんて心地もしばらく感じてなかったぜ。で、でも人の腕ってなこんなに冷てぇもんだったたっけ。

怖かねぇよ。怖かねぇよ。全然怖かねぇんだよ。いままで誰も相手にしてくれなかったから、嬉しいくれぇだ。

なんでぇ、ずっと後ろに隠れてたのかよ。見えねぇところから、奴吾を見て楽しんでたのか。

腕だけじゃなくて顔も見せろよ。

いや、だから腕じゃなくて顔を見せろって言ったろ。両手を首に回すんじゃねぇ。

だからってそこは触るんじゃねぇ。血塗れんなっちまうぞ。そりゃ肋だ。そこあんまり引っ張るんじゃねぇ。裂けちまうじゃねぇかよ。止めろって。

「痛そうだねぇ」

斬られたんだよ。

もう痛かねぇよ。

ずっと後ろにいたんだろ。見てたんじゃねぇのかよ。

「見つけたんだよ」

なにを。

「あんたをさ」

どういうこった。奴吾を探してたってのか。

まただんまりか。

だから止めろって言ってんだろ。傷に触るんじゃねぇ。っていうか、なんで触れてんだよ。

奴吾は死んでんだよ。触れるわけがねぇじゃねぇか。

いや待て。お前ぇ、もしかして。

「当たり前じゃないか」

やっぱり。

死んでんのか。

幽霊は幽霊に触れんのかよ。なんなんだよいってぇ。訳がわからねぇよ。いきなり現れて、喋りかけてきやがって。奴吾のこと探してたなんて言って、人の傷口ぐちゃぐちゃにしやがって。何者なんだよ、ったく。

「思い出したかい」

なにをだよ。なにを思い出しゃ良いんだよ。お前ぇのことかい。お前ぇのことだって言うんなら、顔見せやがれっ。腕だけで思い出せる訳ねぇだろっ。

「駄目」

なんでだよ。

「見てもわからないよ」

顔見知りだってんなら、顔見りゃわかんだろ。

「駄目」

見せろよ。

「駄目」

だったら無理矢理にでも見せてもらうぜ。

なっ、なんで、お前ぇに触れねぇんだよ。

「さてね」

止めろ。開くな。それ以上すると本当に。

あ。

だから止めろって言ったじゃねぇか。落ちちまった。腹に力が入らねぇからしゃがめねぇんだぞ。拾えねぇじゃねぇか。拾ったところで引っ付くのか、それ。

なんで動いてんだよ。体から離れてんだろ。なんでのたうち回ってんだ。首斬られた蛇みてぇじゃねぇか。気持ち悪ぃ。

「あんたの腕だよ」

お前ぇの所為で千切れちまったじゃねぇか。もう奴吾の腕じゃねぇ。いや、奴吾の腕には変わりねぇが、千切れちまってんだから動くはずがねぇだろ。

「あんたはここにいるじゃないか」

そりゃあ、幽霊だから。

「死んでもこの世に留まってられるんだから、千切れた腕も動かせるんじゃないのかい」

そんなもんは屁理屈だろ。

「死んじまったら理屈も屁理屈もないだろ」

うるせぇなぁ、だいたいお前ぇはなんなんだ。生きてんのか死んでんのか、どっちなんだ。

何者なんだ。奴吾をどうしてぇんだ。

「思い出してもらいたいのさ」

だからなにをだよ。

「私」

だったら顔を見せろってんだろ。

「落ちた腕が動くなんて不思議だねぇ」

話逸らすな。

「でもね」

「口がなくても喋れるんだから、千切れた腕も動くさねぇ」

「見たいのかい」

「私の顔が」

「そんなに見たいんなら見せてやっても私ぁ構わないよ」

「でも見せてやるんだから、ちゃんと思い出しておくれよ」

ちょっと待て。

「良いかい」

だから待ってくれ。

「どうしたんだい、なんとかお言いよ」

「黙ってちゃわからないだろ」

「これが私の顔だよ」

か、か、か。

「なにさ」

か、顔って……。ねぇじゃねぇか。

「あるじゃないか」

つ、潰れちまってんじゃねぇか。は、鼻から下が。目玉がぶら下がって。こっち見て。

「ねぇ」

「こうやって、あんたの首に手を回して見つめ合ってると、昔を思い出しちまうよ」

な、なんのこった。

「忘れたのかい」

ど、どうして喋って。

「この顔」

「あんたがこんな風にしたんじゃないか」

「邪魔になったんだろ私のことが」

「散々、助けてやったってのに」

「誰のおかげで美味い物が食べられてたと思ってんだい。良い思いができてたと思ってんだい」

「それなのに」

「なんの取り柄もない女を選びやがって」

お、お前ぇ。

「やっと思い出してくれたかい」

お甲。

「ふふふふ。やぁっと思い出した」

お、お前ぇか。お前ぇがずっと見てたのか。

「なんのことだい」

「私はずぅっとあんたを探してたのさ」

「だって」

「あんたは私の良い人なんだから」

お前ぇは、お前ぇは。

「そうだよ」

「死んじまったさ。あんた小心者だろ。あんなに硬い鉄の塊で何度も何度も殴りやがって。

おかげでこんな有り様だよ」

そ、そうだ。や、奴吾ぁ、商いの帰りにお前ぇさんの家に寄って、それで、それで。

「まさか、あんたまで死んでるたぁ思わなかったよ」

止めろ。止めろ。止めろ。ひぃっ。手、手、手、手。いやぁっ、頭、頭、頭、頭。

目が、目が、何個も。いや、なんで。何人いるんだお前ぇ。

「悪いことはできないもんだね」

「あんたの女房、新しい男と住んでるよ。子供も一緒さ。どうやら、あんたが生きてたころから繋がってたみたいだよ」

お甲、お甲、お甲、お甲。

「うれしいねぇ。そんなに何度も名前呼ばれたのなんて、何年ぶりだろうねぇ」

な、なんで、お前ぇが嗅ぁのこと知ってんだよ。だ、だってお前ぇは俺が。

「そうだよ。あんたが殺したのさ。どこで仕入れてきたのか知らない小汚い鉄瓶でさ」

鉄瓶だと。そりゃ買わずに。

「持ってたさ。私ぁ殴られたんだから間違いやしないよ」

お、お前ぇ奴吾の家に行ったのか。

「行ったさ。この体でね。誰も私のことなんか見えちゃいなかったけどね。新しい男と仲良くやってたよ、あの女。ねぇ、私を選んでた方が良かっただろ」

なんでお前ぇは動けて、奴吾は。

「そんなこた知らないよ。私は動けて、あんたはここに縛られてる。あんたは私に触れないけど、私はあんたに触れられる。それだけのことだろ」

す、す、済まねぇ、奴吾が悪かった。

「ここにずっと立っているの、嫌なんだろ」

「頭がおかしくなりそうなんだろ」

嫌、嫌、嫌、嫌。

「だったら一緒に行こうよ」

冷てぇ。

「汚い面した鬼どもが待ってる」

許してくれ。奴吾が悪かった。許してくれ。頼む、お願ぇだ。

「許さない」

母でなし

「貴方(あなた)様は何者にござりましょうや」

胸に湧いた疑念を、義姫(よしひめ)は素直に舌に乗せた。

聞かずにはいられなかった。

裳付衣(もつけころも)に白き小袖。すねには脛巾(はばき)を着け、手に錫杖(しゃくじょう)を持っている。遊行僧(ゆぎょうそう)なのであろう。伸びたままの頭髪が一本残らず白かった。皺(しわ)のなかに埋もれた目鼻が、まっすぐに義姫の方にむけられている。

白い靄(もや)に包まれていた。馴染(なじ)みのある建物はいっさい見当たらない。白色の天地に老僧とふたりで立っている。

先刻の問いに答えが返ってこない。義姫はいたたまれなくなって、もう一度同じ問いをぶつけようと思った。

「貴方様はいったい……」

「宿を借りたい」

言葉を断ち切るように老僧が言った。そのみずみずしい声が、見た目よりもずいぶん若く思える。

「宿にござりまするか」

あたりを見回した。靄が漂う白色の天地である。己がどこに立っているのかすらわかっていない。宿を借りたいと言われても、貸せるような屋敷がなかった。

「そう申されましても……」

とまどいの言葉を聞き流し、老僧が指を立てて義姫の腹のあたりを指した。

「其方（そなた）の腹中を借りたい」

得心が行かぬ。腹を借りるとはどういうことか。

「夫に聞いてみなければわかりませぬ」

想（おも）いを巡（めぐ）らしていた義姫の口から、そのような言葉が飛び出した。己でも思ってもみなかったことを口走ってしまったことに義姫自身が驚いている。しかし老僧は動じない。白く垂れさがった眉毛を動かすこともなく、淡々と答えた。

「ならばまたいずれ」

翁（おきな）は靄のなかに消えた。

「それは瑞夢（ずいむ）じゃぞ義（よし）っ」

夢の中での老僧との問答を聞いた夫は、目を輝かせてよろこんだ。

「またその僧が現れたら、よろこんで宿をお貸しすると答えよ」

「わかりました」

そんな会話が夫婦の間で交わされてから数日の後、老僧はふたたび義姫の前に現れた。

「宿を借りたい」

「よろこんでお貸しいたしまする」

靄に三つ指ついた義姫は、夫に言われた通りに答えた。

「これを」

言われて頭を上げた義姫の面前に、老僧が紙片を掲げていた。純白の紙を波形に折った物がふたつ、木の串に挟まれている。

「幣束（へいそく）でございますか」

義姫は目の前に掲げられた物の名を呼んだ。幣束は神にささげる神具であり、神が宿る依代（よりしろ）ともなる。

「これを其方に授けよう。宿を借りる礼じゃ」

幣束の串を手に取った途端、老僧の体からまばゆい光がほとばしり、義姫は思わず目を閉じた。瞼（まぶた）の裏に闇が戻ったのをたしかめてから目を開くと、老僧の姿はどこにもなかった。

それからひと月も経たぬうちに義姫は懐妊し、十月（とつき）十日の後に玉のような男の子（おのこ）を産んだ。

「儂は決めたぞ、此奴の名は梵天丸じゃっ。どうじゃよい名であろう」

産着に包まれた我が子を胸に抱きながら、夫が声を弾ませて言った。義姫は床に臥し、赤い頬を指先で撫で破顔する夫を見上げながら問う。

「梵天とは」

「幣束は修験では梵天と申すのじゃ。御主の腹のなかに宿った老僧は、礼じゃと言うて御主に幣束を授けたのであろう」

義姫はうなずく。

生まれて間もない息子を両手で高々と掲げながら、夫が高らかに言い放つ。

「此奴は仏が我等に授けたもうた幣束の化身よ。故に梵天丸じゃ。のぉ梵天丸っ」

夫の声があまりに大きくて、義姫は思わず顔をしかめた。しかし夫は、そんな妻のことなど気に留めもしない。己の声で驚いていまにも泣き出しそうな我が子を見上げている。

「御主はかならず伊達家に吉事をもたらすであろう。頼むぞ梵天丸っ」

泣き出した。動揺した夫が、赤子を持て余し顔を左右に振って助けを求めている。義姫はそっと手を伸ばした。

指先が産着に触れる刹那、我が子は見知らぬ女に掠め取られた。夫の前であるのも構わず乳房を露わにした女は、己が乳首を義姫の子に差し出す。目も開かぬ赤子が、女の乳首をくわえて物凄い勢いで吸いだした。

「おぉ、よう呑んでおるぞ」
嬉しそうに夫が言う。
「梵天丸」
名を呼んだ。しかし、乳を吸うのに必死な我が子の耳に、母の細い声は届かなかった。

我が子と己との間に、超えられぬ高い壁がそびえているのを悟った日のことを、義姫はいまでもはっきりと覚えている。

暑い日のことだった。

日陰の裡にいても汗が噴くというのに、何故こんな昼日中から縁に出なければならぬのかなどと思いながら、義姫は夫とともに庭を眺めていた。米沢城本丸屋敷の内庭である。中央に配された池の周りを、先刻からぐるぐると子供が走り回っていた。大袈裟なほどに手足をばたつかせながら駆ける子供の姿を、夫が目を細めながら見守っている。なにが嬉しいのか、大声で何事かをわめきつつ、子供は池にかかった橋の上を駆け抜ける。

夫の隣に座る義姫の目は、がなり立てる男の子の後ろを静かに着いて行くもうひとりの童にむけられていた。わめきながら走る子のことを心配するように周囲に目をくばりながら、目の前を行く子よりも短い足を必死に動かし、置いて行かれまいと頑張っている。

ふたりは兄弟だ。騒いでいるのが兄で、義姫が見つめているのが弟である。

「まわりを見ておらぬと池に落ちるぞ、梵天丸っ」

義姫の隣で夫が言った。そんなに大声で叫ばなくとも聞こえるだろうにと心中で毒づいてから、義姫は溜息をひとつ吐いた。

返事のつもりなのか、己の名を呼ばれた兄が、父に負けぬ大きな声で笑った。破顔したまま駆ける梵天丸の真ん丸な顔が、父の方にむいている。

父に似て、瞳がやけにぎらついている。男の子は母に似るなどというが、梵天丸は夫に瓜ふたつであった。

夫に似た眼光鋭い瞳は、ひとつしかない。梵天丸は左目だけで父を見つめている。右の瞼は閉じられていた。目玉がない。幼少のみぎり疱瘡を患った梵天丸は、右目の光を失った。その目はすでに取り除かれている。しかし、義姫の脳裏にはっきりと残っているのは、病が癒えたばかりの梵天丸の顔であった。光を失った右の瞳は、白く濁ってあらぬ方を見ている。目を取り除いたいまでも、義姫の心のなかにある梵天丸の顔は、病の直後のそれであった。

「こら梵天っ」

夫が怒鳴った。隻眼の我が子が欄干の隙間から顔を出して、池に飛び込もうとしている。その後ろでいまにも泣き出しそうな顔をした弟が、義姫に助けを求めていた。

「竺丸……」

義姫は我が子の名を呼んだ。

「やめんか梵天丸っ」

そばで聞いている者の身にもなってもらいたいと思わず言ってやりたくなるほどの大音声が、庭内に響き渡った。しかも夫の声には、義姫の心を逆撫でする調子外れなところがあり、それが余計に腹立たしい。

あまりの大声に驚いた竺丸が、尻餅をついて泣き出した。弟の泣き声を聞いた梵天丸が、これ見よがしな溜息とともに立ち上がる。

我が子を助けんと義姫は腰を浮かせた。

「余計な真似はするな」

梵天丸に目をむけたまま夫が言った。膝立ちのまま義姫は竺丸を見つめる。面倒そうに頬を膨らませながら、兄が手を差し伸べている。泣きながらそれを取った弟を、梵天丸は乱暴に立たせた。

あの童はいくつになるのか……。

竺丸が五つだから、いまは六つ。少し前までは、あんなに乱暴ではなかったと義姫は思う。むしろうつむきがちで笑わぬ子であった。

光の届かぬ目を取り去ったあたりから、梵天丸は変わった。夫が米沢に招いた虎哉宗乙なる僧のところへ通わせはじめたのもそのころである。虎哉がなにか吹き込んだのか、それとも醜い目を取り除いたことで、自信が芽生えたか。

いずれにせよ推測でしかない。

伊達家の当主となるべき梵天丸は、生まれてすぐに乳母の元に連れて行かれた。我が手で育てたという実感がない。

己と父、そして父と祖父。三代にわたって父子の相克を味わってきた夫は、ことさらに梵天丸を可愛がった。そのため疱瘡を患ってからは、よりいっそう義姫から遠ざけた。つねに家臣が梵天丸の周囲に侍り、乳母をはじめとした女たちが甲斐甲斐しく世話を焼く。

義姫は足利家の流れを汲む名門、最上家の姫である。家のことなどなにひとつしたことがない。そんな女が付け入る隙などどこにもなかった。

義姫の手の届かぬところで梵天丸は右目と決別し、師を得て、赤子から童へと変貌してしまった。それでも、梵天丸はたしかに己が腹を痛めて産んだ我が子であると、この時までは思っていた。

弟の手を引いた梵天丸が、両親の元に戻って来る。

「弱き者をよう助けた。でかしたぞ梵天丸」

胴間声が兄を褒める。

弱き者……。

夫は梵天丸しか見ていない。隣で泣いている子も、我が子であるというのに。

「はいっ」

屈託(くったく)のない笑みを浮かべ、梵天丸が弟の手を払って駆け出した。腰を曲げた翁(おきな)のように幹をくねらせた松の巨木をめざす。洟(はな)をすする竺丸が、兄を追おうと背をむけた。走り出した竺丸の姿は、夫には見えていない。目尻に皺を寄せ、温(ぬく)もりに満ちた目をむけているのは、松の木に手を伸ばした梵天丸の背中である。凹凸(おうとつ)のある木肌に手足をかけて梵天丸が器用に登ってゆく。竺丸は松の木の根元に立ち、そんな兄を見上げている。うろに爪先を差し込み大きく伸びあがって、梵天丸が頭上の枝をつかむ。転げ落ちたら無事では済まない高さである。もし、枝が折れ真っ逆さまに落ちでもしたら、下にいる竺丸も無事では済まない。不意に浮かんだ邪念が、義姫の口からほとばしる。

「御止(おや)めなさい梵天丸っ。いますぐ降りるのですっ」

あまりに突然のことに、それまで微笑(ほほえ)みを浮かべながら兄弟を見守っていた家臣たちがいっせいに義姫を見た。しかし当の義姫の目は、梵天丸しか捉えていない。

梵天丸は木の股(また)に座り、屋敷の方へと顔をむけていた。義姫を見つめている。いや、にらんでいた。己が母を見る目付きではない。あきらかな敵意を、父に似たやけにぎらつく左目にみなぎらせ、義姫をにらんでいる。

「戯言(ざれごと)など気にするな。登れっ」

義姫の言葉を否定するように、夫が威勢よく言い放つ。すると梵天丸は、我が意を得たりとばかりに、満面の笑みを父にむけて大きくうなずいた。それから、蔑(さげす)むように母を一瞥(いちべつ)し、頭上の枝へと手を伸ばす。

木の下で竺丸がこちらを見ている。

「危ないから、こちらへ」

手を伸ばす。竺丸はちいさくうなずいて母にむかって走り出した。

この子こそが妾(わらわ)の子、あれは……。

違う。

義姫は梵天丸との間に超えられぬ壁があることを、この時悟った。


梵天丸は十八になった。七年前に元服を済ませ、名を藤次郎政宗(とうじろうまさむね)と改めている。竺丸も元服後、小次郎政道(こじろうまさみち)と名を改めた。

「まだ早いのではありませぬか」

目を吊(つ)り上げて訴える義姫が見つめているのは、妻の小言にうんざりしていることを隠しもせぬ夫のしかめ面であった。義姫のかたわらには、母と父のやり取りを心配そうに見守る小次郎が座っている。

「貴方様はまだ四十一ではございませぬか。隠居するには、いささか早(はよ)うございまする」

「もう決まったことじゃ」

女子(おなご)のお前が口出ししても、もはやなにも変わらぬと夫は言下(げんか)に告げている。その高慢な態度が癪に障った。尖った指先で床を叩いて、己の目を見ようともしない夫をにらみつけた。

「なにを焦っておられるのです」

「焦っておるじゃと、誰が」

「貴方様の他に誰がおりまする」

怒りの色を帯びた目が義姫を射た。

「母上」

「大丈夫です。妾がちゃんと言いますから」

母の袖をつかんでささやく小次郎に微笑みで応え、膝を滑らせ夫との間合いを詰める。

「御自分が身罷られた後、兄弟が争い家中が割れることを恐れておられるのでしょう。それ故、生きておるうちにあの子に家督を譲ろうとしておるのじゃ」

「繰り言を申すなっ」

ふたりが互いを見る目は、夫婦のそれではない。何十年と憎みあってきた仇を見る目付きであった。夫は義姫の私室に入ってから一度も小次郎を見ていない。もちろん言葉をかけることもない。

ずっとそうだ。

政宗政宗政宗政宗。

小次郎はどうした。

腹が立つ。

「家督は政宗に継がせると、常日頃から言うておったではないか」

「そんなに政宗が可愛ゆうござりまするか。小次郎も貴方様の御子にござりまするぞっ」

叫んで己の前に小次郎を出す。

「此奴は弟ではないか」

「あのような猪武者より、よほど伊達家の当主に相応しゅうござりまするっ」

「母上、もうそれくらいに……」

「御主の方こそ、小次郎ばかりを贔屓にしおって。政宗も御主が腹を痛めて産んだ子ではないのかっ」

夫の怒鳴り声で言葉をさえぎられた小次郎が、肩をすくませ小さな悲鳴をひとつ吐いた。その姿に汚らわしい物を見るような蔑みの眼差しをむけてから、夫は溜息を吐いた。

憎い……。

この男が心底憎い。もはや己を女として見ず、肉親への愛情はすべて政宗に注ぎ、小次郎を一顧だにしない。夫への憎悪が深ければ深いほど、小次郎を愛おしく想う。

子の手にそっと触れた。掌から伝わる温もりが、憎き男と相対する勇気をくれる。

「政宗は御主の子だ」

「知らぬっ。あのような者は知らぬっ」

あれは夫の分身ではないか。己へとむけられていた愛情を奪ったのは政宗だ。

夫以上に憎らしい。

義姫にとって肉親とは、いつも己のそばにいてくれた小次郎だけ。夫も政宗も他人である。

いや、他人よりも憎らしい。

「もうよい」

夫が立ち上がった。

「とにかく家督は政宗が継ぐ。この話はこれで終わりじゃ」

小次郎を突き飛ばし、夫が大股で部屋を出てゆく。

「申し訳ありませぬ」

両手を床につきうなだれる小次郎が、涙声で言った。その背に触れて微笑む。

「何故、其方が謝るのです。悪いのは御主の父ではありませぬか」

「私がいるばかりに、母上と父上は……」

「違います」

悪いのは小次郎ではない。

政宗ではないか。

あれのせいで、小次郎は誰からも相手にされない。父だけではない。家中の誰もが、粗暴なあれを主と仰ぎ、小次郎には目もむけぬ。

憎い。

夫が。

政宗が。

「母上」

小次郎が潤(うる)んだ目で義姫を仰ぎ見る。

「なんですか」

「兄上に優しくしてくだされ。お願いいたしまする」

たとえ息子の頼みといえど、聞けぬ頼みであった。


目の前で小次郎がうなだれている。黒々と輝く床をぼんやりと眺めながら震えていた。

「去る十月八日。父上が身罷られたそうです」

小次郎の声に悲しみが宿っている。

夫は四十二、死ぬような病を抱えてもいなかった。仔細(しさい)を知らぬとも、なんらかの無念の末の死であるということは、女の義姫にも計(はか)り知れる。

「義継(よしつぐ)が……。義継が……」

喉(のど)の奥からなにかが飛び出てこようとするのを防ぐように、小次郎は力強く息を止めた。肩が震え、下瞼(したまぶた)が濡(ぬ)れる。それが頬に零(こぼ)れぬよう、小次郎は必死に瞬(まばた)きを堪(こら)えていた。泣くまいとする息子の姿に、胸が締め付けられる。

「義継とは、畠山のことですね」

義姫の問いに、小次郎は無言のままうなずく。

二本松城の主である畠山義継は、北の伊達と南の蘆名に挟まれた小大名であった。同じ境遇であった小浜の大内定綱が政宗の苛烈な攻勢に耐えきれなくなって会津に逃れたのを機に、伊達への服属を決めたはずである。

服属を決心した義継が助けを求めたのが、隠居している夫であった。

なぜ義継の所為で、夫が死ななければならぬのか。殺したのは義継だと小次郎が明言しなかったのが気にかかる。

胡坐の隙間から覗く床を、潤んだ目で見つめたまま、小次郎がおおきく息を吸った。薄墨色の袴に指がめり込み、深い皺を幾筋も刻んでいる。

「伊達家に服属することが決まり、義継が礼をしに宮森城を訪れたのだそうです」

大内、畠山攻略のため、夫は宮森城を守っていた。

「父上は義継を歓待なさった」

前振りなどどうでも良かった。義継がなんのために宮森城を訪れたかなど聞いてもなんの感慨も湧かないし、知りたいとも思わない。どんな死に様で、殺したのは誰なのか。それが知れれば十分だった。

殺した……。

胸中に湧いた言葉を、義姫はもう一度心に念じた。いま明確に〝殺した〟という言葉を心中に発したことにみずから驚く。

「輝宗殿は殺されたのですね」

唐突な問いに、床をにらんでいた小次郎が顔を上げた。その勢いで、せっかく瞼に溜めていた涙が零れ落ちる。湿った頬を指先でそっと拭い、息子はうなずいて肯定の意を示した。

「誰に」

「それは」

息子は口籠り目を逸らした。思わせぶりな態度に、不吉なものを感じる。

「どうしたのです」

「と、とにかく義継は、周旋の御礼のために、宮森城に入ったらしいのです」

義姫の問いには答えず、小次郎は続ける。

「城内で歓待を受けた義継が帰ることになり、父上は城の外まで見送るとみずから申されたとのこと」

己が聞いたことを小次郎は懸命に、母に報せようとしてくれていた。父が死んだことを母よりも悲しんでいるはずなのに、一語一語言葉を選びながら語ってくれている。母は父が死んだことを毛ほども悲しんでいない。むしろ憎い男が死んだことに胸が高鳴っているくらいだ。目の奥に熱い物を感じているが、それは健気（けなげ）な息子の所為である。

「大手門まで見送りに出られた父上に、義継が頭を下げた時であったそうです。これで長年争ってきた畠山との和睦（わぼく）がなったと思い、ふたりを見守っていた伊達の侍たちの気が緩んだのだと使いの者は申しておりました」

小次郎がうつむいて、ふたたび肩を震わせはじめた。

「城外で待っておった畠山の重臣たちの姿を認め、義継は突如父上を後ろから羽交い締めにし、懐刀（ふところがたな）を抜いてその首に当てた」

「何故そのようなことになったのです」

「そ、それは」

「義継は伊達に服属を誓ったのであろう。いまさら大殿を人質に取ってなにがしたかったのじゃ。しかも敵の真っただ中ではないか」

「私にはわかりませぬ。使者がそう申しておったのです」

「御主に問うても詮なきことであったな」

優しい笑みを息子に投げる。

「さぁ、続きを聞かせてたも」

「はい」

洟をすすりながら、小次郎が語りはじめる。どのような死に様であの男は死んだのか。義姫の関心はそれだけである。

「父上を人質に取った義継は、家臣たちに守られながら二本松城へ戻ろうとしたそうです」

「輝宗殿は黙って連れ去られたのですか」

息子が首を振った。

「城の者たちは、成す術もなく父上たちを追ったそうです。そんな家臣たちに父上は、儂に構うなと幾度もお叫びになられ……」

小次郎は瞼を固く閉じ、激しく肩を震わせはじめた。そしてそのままの恰好で口を開く。

「儂もろとも此奴を撃てと、幾度も幾度も仰せになられたそうです」

「撃ったのか」

端然と言い放った義姫に驚いたのか、小次郎が顔を上げて上座を見た。赤く染まった目をじっと見据え、義姫はもう一度優しく問う。

「家臣どもが輝宗殿を撃ったのか」

これまでの話から考えて、それ以外に夫が死んだ理由は考えられない。

「いいえ」

小次郎が意外な答えを吐いた。

「先刻から其方は奥歯に物が挟まったかのごとき物言いであるが、いったいなにがあったのじゃ。家臣たちが撃ったのではないとしたら、何故大殿は身罷られたのじゃ」

「も、申し訳ございませぬ」

眉尻を下げながら小次郎が辞儀をした。

「先刻からの其方の物言いは、大殿を殺した者を妾に報せとうないように聞こえるが」

小次郎は答えない。頭を下げたまま固まっている。図星なのだ。

それで察しはつく。

「政宗なのですね。政宗が撃ったのですね」

これまで堪えていた物が一気に溢れだしたのであろう。小次郎が床に突っ伏した。義姫は息子に駆け寄り、肩に手を置いて耳元でたずねる。

「報せを聞きつけ、政宗が現れたのであろう。どこにおったのじゃ彼奴は」

「は、畠山との戦もいち段落し、鷹狩に出られて小浜にはおられなんだとのこと」

大内定綱を追い出した小浜城に入った政宗は、しばらく米沢を留守にしている。

「鷹狩から急いで戻られた兄上に、父上は家臣に申されておったのと同じことを叫ばれたそうです」

「撃ったのですね政宗が」

小次郎が床に頭を何度も叩きつける。

「母上ぇ、母上ぇ……」

「御止めなさい小次郎」

息子の体を抱え上げ、強く抱きしめる。義姫の肩に顎を載せて、小次郎が大声で泣きはじめた。

「母上ぇ、兄上が父上をぉぉぉ」

小次郎にとってふたりは、血を分けた父と兄なのだ。兄が父を撃ったと聞いて、どれほど動揺したことか。心の揺れを家中の者に知られまいと、ずっと耐えていたのだ。それが先刻のひと言で一気に崩壊したのである。

「大丈夫じゃ、大丈夫じゃ小次郎」

激しく上下する背中をさすりながら、義姫は虚空をにらみつける。白百合が咲き乱れる襖のなかに、憎々しい顔が浮かび上がっていた。

鬼子めが……。

右目を閉じた悪鬼の幻にむかって心の裡で怨嗟の言葉を紡ぐ。

「母上ぇ、私もいずれ兄上に殺されてしまう」

「そんなことは妾がさせぬ」

「母上ぇ」

「其方は妾が守る」

泣き続ける息子を抱きしめ、義姫は固く誓った。

夫が死んで五年。伊達家の版図は陸奥国五十五郡、出羽国十二郡、計六十七郡のうち、三十余郡にまで膨れ上がっていた。奥羽の半分が政宗の物となったのである。畠山、大崎、相馬、蘆名など、父祖の代より争ってきた者たちを打ち破った末の膨張であった。

さもありなんと義姫は思う。

あの男は欲しい物はなにがあっても手に入れる。あの男は、因縁の敵を葬り去るためならば、実の父であろうと平気で撃ち殺す。戦につぐ戦。それはあの男にとっては、みずから望んだ修羅の天地なのである。

どれだけ広大な版図を築いたとしても、それがなんだというのか。我欲のために、無数の屍を築き上げただけのこと。あの男が笑えば笑うほど、多くの者が涙にくれる。

しかし上には上がいるもの。

強欲のおもむくままに関東以西を平らげ、帝より関白の位をせしめた男が、奥羽に手を伸ばそうとしていた。

豊臣秀吉という名であるという。

関東の雄、北条を小田原城に押し込めて二十万の大軍で取り囲む秀吉は、いまや奥羽の覇者となったあの男に臣従を迫ったのである。当然、伊達家は割れた。秀吉に従うべきだという者と、奥羽を思い通りにさせてはならぬという者の狭間に立たされたあの男は、迷っていた。

いましかない……。

伊達家最大の窮地を、義姫は己が瑞兆であると見た。

あの男が大きくなればなるほど、己と小次郎は窮地に立たされる。我欲のために父すら殺した男だ。いつ何時、その牙が義姫母子にむくかわからない。

義姫は伊達家と因縁の間柄である最上家の娘だ。最上家の現当主、義光（よしあき）は兄である。両家の争いが、義姫、ひいては小次郎の禍（わざわい）にならぬとも限らない。

義姫は覚悟を決めた。

今宵（こよい）しかない……。

上座でゆったりと胡坐をかいた男の左目を見つめながら、義姫はぎこちない笑みを浮かべる。

「母上から夕餉（ゆうげ）に招かれる日が来ようとは思いもいたしませなんだ」

閉じたまま開くことのない右の瞼を弓形（ゆみなり）にゆがめ、男は嬉しそうに言った。

久方（ひさかた）振りにまじまじと顔を見た。義姫の脳裏にあるのは、木登りを叱った己をにらんだ幼子の丸い顔である。骨ばった四角い顎に頑強そうな太い眉。その下でぎらぎらと輝いている左目。顔に付いている物のことごとくが父に瓜二つであった。若いころの夫に見つめられているようで、義姫は居心地の悪さを感じる。立ち去りたい気持ちを必死に押し殺し、追従（ついしょう）の言葉を紡ぐ。

「明日、御出立（ごしゅったつ）なされるのでありましょう。今度（こたび）はこれまで以上の大戦（おおいくさ）」

「太閤（たいこう）殿下に御会いするだけ。遅参を詫（わ）びれば、何事もなく帰ってこられましょう。御心配なされまするな母上」

誰が心配などするものか……。

心に湧いた言葉を噯にも出さず、義姫は笑みを湛えた口許はそのままに、眉尻だけを男にわかるほど大きく下げてみせた。

精一杯の演技である。

この男のためではない。息子のためだ。

「秀吉は十万もの大軍で小田原を包囲しておるのでしょう。そのような中にわずかな家臣を連れて飛び込むなど、わざわざ殺されにゆくようなものではありませぬか」

「御案じめさるな母上」

〝母上〟という言葉が耳に触れるたびに吐き気を覚える。

真一文字に結ばれた紫色の唇に宿る力強さが、なんとも腹立たしい。この男の強さが少しでも、我が息子にあればと思う。小次郎には欲がない。伊達家の家督を手に入れようなどという野心は、どれだけ腹のなかを探しても、ひと欠片とて見つかりはしない。

「かならず……」

男の見開かれた左目が潤んでいる。

「かならず無事に戻って参りまする。その時は……」

わずかに膝を滑らせて、男が一段高くなった上座の縁まで来る。膝が縁を越したあたりで進むのを止めたのは、義姫への遠慮からであろう。

男の荒い息が顔に触れたような気がした。獣の臭気が鼻腔から喉へと流れ込んできて、酸っぱいものが喉へと上ってくる。腹に力を込め、吐き気を堪えながら笑う。

「小次郎に見せるような笑みを浮かべ、某の名を呼んでくれまするか」

義姫は硬い笑みを浮かべ息を止めたまま、男の言葉を受け流す。

まだか……。

このまま答えを先延ばしにしている訳にもいかぬではないか。そんな義姫の逡巡が伝わったのであろうか、男の目が開かれたままの襖の方にむく。なにかを認めた男は、縁まで進めていた体をもといたところまで戻した。それと同時に、義姫は腹の底まで静かに息を流しこむ。男が背筋を伸ばしたのと同時に、義姫の脇を下女たちが通り過ぎた。女たちは、膳や酒器を掲げて静々と進む。男の前に瞬く間に酒肴が並べられる。それらをひと通り眺めた後、器に盛られた煮物や皿の上の肴に目を止めた。

「妾が作りました」

膳を見つめていた男の顔が義姫にむけられた。笑みのまま義姫は己が手を掲げる。左の丈高指の中程にちいさな赤い切れ目が入っているのを、男にわざとらしく見せつけた。

「これまで一度として厨に立ったことがない故、女たちに加勢してもらいながら」

言いながら目を膳にむける。

「そこの芋と、鯛の焼き物を」

「母上が某のために……」

小鼻をひくつかせながら、男がふたたび膳の上の器に目をむけた。黒塗りの器に、形の崩れた里芋が山盛りになっているはずなのだが、下座に控える義姫からは見えない。

「嬉しゅうござりまする」

言って深々と頭を下げる男に、義姫も三つ指をついてひれ伏した。

「御武運を」

「はい……」

涙を堪えるようにうつむいた男に、ことさら明るい声で語りかけた。

「どうか妾の作った夕餉を味おうてくだされ」

頬を濡らしながら、男が満面の笑みで下座を見た。

「それでは母上、いただきまする」

父に似た太い指で箸を取ると、男は黒い器を大事そうにつかんだ。

余所人が作った物など信用できなかった。

やるなら己の手で。

秀吉に服属するか否かで揉めた火種が家中にくすぶっているいましかなかった。

義姫は腹を決めた。いや、叱った己を憎しみに満ちた目でにらむ童を憎いと思ったあの日から、義姫はいつかこの男を、という邪悪な種を心に蒔いたのだ。それが花を咲かせ、実を結んだだけ。

「母上が御作りになられたというこの芋からいただきまする」

嬉しそうに男が箸を器に差し込んだ。義姫は顔が強張るのをどうすることもできない。笑みでごまかしていなければ、目に宿る殺気を隠せなかった。

男が崩れた里芋をつまんで笑う。

「それでは」

丸ごと口に入れた。四角い顎をゆっくりと上下させながら味わっている。

「美味しゅうござりますっ」

「そうですか。それは良かった。おかわりもたんとありますから遠慮などなされまするな」

男が乱暴に飯を掻き込み、何個も芋を頬張る。瞬く間に十ほどの芋と碗一杯の飯が、大きい口に吸い込まれてゆく。

箸が止まった。

男の太い眉の間に深い皺が寄る。

左目が義姫を見据えた。

「母上……」

義姫は答えず、笑みのまま固まった顔を男に見せつける。咳き込んだ男の口から嚙み砕かれた飯と芋が混じった血飛沫が舞った。碗と箸を放り投げながら、膳を払い除け上座から転げ落ちる。畳の上を転がり、口から溢れだす血を撒き散らす男の姿を、義姫は眉も動かさず眺め続けた。

「は、うごぅ、は、う、げあっ、ぇぇ……」

呻きながらも必死に〝母上〟という語を紡ごうとしている男の左目は、虚空を漂うばかりで義姫を捉えることはできないでいる。いっぽう義姫は、苦悶の声と血を吐き散らしながら暴れる男だけを見ていた。

「小次郎……。小次郎……」

忘我のうちに息子の名を幾度もつぶやいていた。

我が子のために。その一念であった。

何故、先刻からこの男は自分のことを〝母上〟と呼んでいるのか義姫には理解できない。己の子は小次郎と幼くして死んだ娘がふたり。それだけだ。

「小次郎……。小次郎……」

我が子の名を繰り返しながら、ゆっくりと立ち上がる。赤黒い血でそこらじゅうを汚してまわる男の前に立ち、潰れた羽虫にむけるような目で見下す。

「小次郎……。小次郎……」

男の体がくの字に折れ曲がったまま止まった。そのまま小刻みに体を震わせている。青ざめた顔に穿たれた左の瞳が、義姫を捉えた。

「何故」

食いしばった血塗れの歯の隙間から怨嗟の声が漏れるのを、義姫は見下ろしたまま聞く。

「何故じゃ母上」

「小次郎……」

右足を上げる。

「答え……。母う……」

振り上げた足を汚い左目にむかって振り下ろす。

一度、二度、三度、四度……。

「小次郎……。小次郎……。小次郎……」

男は動かなくなった。


駆けつけた男たちが、あれを運びだしてから、義姫は自室に押し込められていた。固く閉じられた襖のむこうには、あれの家臣たちが寝ずの番をしている。あれの実母であり隣国最上の姫である義姫を、罪人として扱うわけにもゆかぬのであろう。

己が身のことなどどうでも良かった。

あれはどうなったのか。

それだけが気がかりだった。血塗れで小刻みに震えていたあれの頭を幾度も踏みつけて止めをさした。

異変を感じ取って駆けつけた男たちの手であれが運ばれてから、すでに二日。なんの音沙汰もない。

義姫は小次郎を待っている。

あれが死んだのならば、小次郎が助けに来てくれるはずだ。

もはや小田原参陣に一刻の猶予(ゆうよ)も残されていない。あれが死ねば、伊達家を継ぐのは小次郎しかいない。速やかに家督の移譲(いじょう)は行われ、伊達家は小次郎の物となる。

小次郎が己を殺すわけがない。あれとは違う。血を分けた親を手にかけるような鬼畜ではない。きっと助けてくれる。

小次郎なら。

息子のことを想いながら時を過ごしていた義姫の目が、咲き乱れる白百合をとらえた。金箔(きんぱく)の上に描かれた純白の花弁が、風に吹かれて揺れたように思えたのである。そんな訳がないと思い直す。襖に描かれた絵が動くはずがない。

「母上」

白百合のなかにいつの間にか誰かが立っていた。廊下のむこうから射(さ)し込む光を背にしているから、義姫には黒い影にしか見えない。

それでも……。

声でわかった。

白百合を掻き分けたまま、影がゆっくりと近づいてくる。

「何故じゃ」

喉から絞りだすように、義姫は呻く。手を振り、遠ざけようとするのだが、影は容赦なく間合いを詰めてくる。近くなるたび、影は男の姿を形作ってゆく。

あの顔だ。

憎らしい夫に瓜二つ。四角くて武骨で無粋なあの顎だ。太い眉に、やけにぎらつく目。そうだ目だ。この男には。

右目が。

ない。

「何故、御主がここにおる」

義姫の問いに答えず、男は眼前にどかと腰を下ろした。胡坐をかいて悠然と胸を張り、己を見据える左目には、精気が満ち満ちている。二日前に血反吐(へど)を吐き散らしながら、のたうちまわっていた男とは思えない。

「天が味方してくれ申した」

男は義姫に力強い眼差しをむけたまま、毅然(きぜん)と言い放つ。

「某は仏に愛されておる。この世に生まれ出(い)でる時、母の夢枕に老僧が立ち、その腹を貸してくれと申され、それで宿ったのが某であると、父上が幾度も語ってくださりました」

知っている。なぜならその夢を見たのは、義姫なのだ。

「仏に愛されておる某が、毒などで死にはいたしませぬ」

「そんな……。御主は妾が……」

「殺した。と申されたいのでござりましょう」

あの目……。

あの時の目が義姫をにらんでいる。まだこの男が幼かったころのことだ。木を登ろうとしたのを叱った時の目だ。

「何故じゃ。何故御主は」

「聞きたいのは某にござる」

薄く開いた唇の隙間から覗く歯が鋭く尖(とが)っている。あの牙で首に噛(か)みつかれたら、ひとたまりもないだろう。いまにも殺さんとするほどの殺気に満ちた左の瞳がにらむ。全身から放たれる覇気に当てられ、義姫は動けずにいる。

「そんなに某が憎うござりまするか」

義姫の耳に男の声は届いていない。

「そんなに某は醜うござりまするか」

男の顔が鼻と鼻が触れ合うほどに近付く。

獣臭い。

吐き気がする。

「見よっ某の顔をっ。其方がこの世に産み落とした子の顔をっ」

思わず吐いた悲鳴を聞いた男の歯が、鈍い音をたてる。

「どうじゃっ、醜いかっ。我が子とは思えぬかっ。答えよっ」

目を背ける義姫を前に、男が猛る。

「某は忘れもいたしませぬ。疱瘡を患い、なんとか命を取り留めた後、某を見た其方の顔を」

いったい己はどんな顔をしていたのだろうか。覚えていない。痘痕が点々と残る顔を見て、なんと哀れなことかと思うたのだけは頭の片隅に残っている。

男は食い縛った歯を重そうにこじ開けながら、怨嗟の声を吐いた。

「まるで道端に転がる犬の骸でも見たかのごとき目で見下しおった其方の顔を、某は忘れたことがない。其方が小次郎を慈しんでおるのを見る度に、この女は己の母ではないと心に念じ、ずっと其方から目を背けて生きてきたのじゃ」

「あぁ……」

義姫の口から声が漏れた。

この男も己と同じ。

あの日。

咎めた己を憎々し気ににらんだ幼子は、心中で必死にこの女は母ではないと念じていたのだ。それを見て義姫は、此奴は己が子ではないという疑念に駆られたのだ。互いに顔を背け続けた結果、ふたりは親子ではなくなった。

だが、いまさらそんなことに気付いて、なんになるというのだ。失われた時は戻らない。どれだけ目の前の男を息子だと思おうとしても、もはや心が付いてゆかない。

「夕餉をともにと誘われた時、某は本当に嬉しかった」

義姫をにらみ続ける左目から滴がひとつ零れ落ちた。怨嗟の眼差しに変わりはない。憎みながら男は泣いている。

「敵は二十万もの兵を関東まで率いてくるほどの男。其方が申す通り、某も大戦じゃと思うておった。その大戦に出陣する前夜に、やっと……。やっと其方と」

そこまで言って男は口籠った。一度目を伏せ歯を固く締め、鈍い音を鳴らしてから、ふたたび義姫をにらむ。

「某は、淡い望みを抱いておった己を恥じた。己の甘さをつくづく思い知らされた」

床を叩き男は吠える。

「よもや実の母に殺されようとは思うてもみなんだわっ」

「生きておるではないか」

義姫は淡々と告げた。男の眉が激しく揺れる。

「小次郎に殺してくれと頼まれたか」

「御主は生きて妾の前におるではないか。殺してはおらぬ。小次郎はなにも知らぬ。妾がひとりでやったことじゃ」

「いまさらなにを申す」

呆然（ぼうぜん）と男が言った。

義姫は、あまりのことに我を忘れていたが、一番肝心なことを失念していた。この男が生きていたということは、これは謀反（むほん）である。義姫は謀反を企（たくら）み失敗したのだ。そうなれば、やるべきことはただひとつ。

「小次郎が虫すら殺せぬのは御主も知っておろう。あの子が人を殺せるわけがなかろう。小次郎はなにも知らぬ。妾ひとりでやったこと」

「最上の伯父上（おじうえ）が嚙んでおるのではありませぬか」

義姫が思ってもみなかった者の名を、男が口にした。今回の一件において、義姫は兄のことなど頭の隅にも浮かべたことはない。だが、この男の推測はあながちないことではない。兄が常々、伊達家の所領を狙っていることは義姫も知っている。

そうだ。

兄は使える。

「そうじゃ。兄上じゃ。兄上が其方を殺し伊達家を奪えと申された故、妾は御主を殺そうと思うたのじゃ。小次郎はなにも知らぬ」

「其方はどこまでも……」

男が身を引いた。

逃してはならぬとばかりに、男の両肩をつかんだ。この男の体に触れるのはいつ以来だろうか。あんなに柔らかかった肩が、硬い肉で覆われている。

「小次郎は……。小次郎はなにも知らぬのじゃ。妾と兄がやったこと」

「もう遅い」

左目を閉じ、義姫の両の手をねじるようにして引き剝がすと、男は立ち上がった。

「小次郎は死んだ」

言って男が両手を義姫の顔の前に掲げた。

「この手で弟を殺し申した。そうさせたのは其方じゃ。母である其方が、某と小次郎の仲を引き裂いたのじゃ。小次郎は其方とは違った。幼いころから死ぬその時まで、兄上兄上と言って某を慕ってくれた。最期のその時までも……」

そこで男が声をつまらせた。手を払われたまま動かない義姫に侮蔑の眼差しを投げたまま、鼻から深い息を吐き出し続ける。

「兄上に殺されるのならば致し方ありませぬ。どうか私が死んだら、母上と仲良くしてくだされと言って小次郎は」

剥がれ落ちた。

義姫の骨と肉と腸(はらわた)が、心から剥がれ落ちる。傷ひとつないというのに痛い。いや。痛みなど感じていない。ではこれはなんなのだろうか。虚(うつ)ろではない。義姫はたしかに男の前に座っている。座っているのだが、義姫自身はそこにはいない。ふわふわと虚空を漂っている。漂っている義姫を、痛みではないなにかが苛(さいな)んでいた。骨や肉が剥がれ、座しているのが果たして本当に己なのかということすらあやふやなくせに、みずからがそこにいることだけはしっかりと感じている。

「実の母を手にかけることはできぬ故、小次郎に責めを負うてもろうた。其方の所為で、小次郎は死んだのだ。わかっておられますするのか母上は」

「人殺し」

やっとのことでそれだけを言えた。

男は答えない。

「小次郎を殺したのは御主じゃ」

みずからの口から〝小次郎を殺した〟という語が零れ落ちた時、義姫のなかで意味が刃(やいば)となって、己の心を突き刺した。その刹那、ばらばらだった骨と肉と腸と心がひとつに戻り、義姫は男の前に崩れ落ちた。

「嫌ぁぁぁぁぁぁっ」

藍色の袴に取りつく。男を見上げた目はもはや人の心を失っていた。

「外道めがっ。父を殺しただけでは飽き足らず、己が弟まで手にかけよったかっ。なにが母を手にかけることはできぬじゃ。嘘を申すなっ。妾を殺しにきたのであろうっ。さぁ殺れっ。息子のおらぬこの世になど、なんの未練もないわっ。さぁ外道っ。妾を殺せっ」

「某も其方の息子じゃぞ」

袴をつかむ手を上から握りしめ、男が苦しそうに声を吐いた。義姫は目を赤く染めながら呪詛の言葉を舌に乗せる。

「御主を息子と思うたことなど一度もないわ。妾の息子は小次郎だけじゃ。御主など産んだ覚えすらないわ」

夢を見た。

白髪の僧が己の腹を宿にする夢を。幣束を授けられたから、名を梵天丸とした。

「何故じゃっ。何故、小次郎が死なねばならぬっ。御主が死ねばよかったのじゃっ。さすれば伊達家は。違うっ。疱瘡で死んでおればよかったのじゃっ。そうすればあの人も死なずに済んだっ。小次郎だってなに憚ることなく伊達家の惣領になれたのじゃっ。御主がおった所為で、御主の所為で、妾は、妾はっ」

何故……。

何故、己ではなくあの子が疱瘡などに。代われるものならいますぐにでも、己の命を持っていってくだされ。そしてあの子を。

「死ねっ。死んでくれっ。頼むから妾のために死んでくれっ。それができぬならいまここで妾を殺してたもれっ」

　でかしたぞ。伊達家は立派な嫡男を得た。御主の御蔭ぞ。

大丈夫じゃ。梵天丸は仏に愛されておる。こんなことで死ぬはずがなかろう。だから御主も寝よ。

「頼みまする。死んでたもれ」

　義姫が黒川城を出て、兄のいる山形に逃れたのはこの夜のことだった。

さいごのおねがい

「たわけたこと言うたらいかんで婆さんっ！」

数十畳もある大広間に轟(とどろ)いた兄の声を耳にしながら、羽柴秀長(はしばひでなが)は目の前に座る母を見つめている。

口をすぼめて頬(ほお)を膨らませる姿は、七十を超えた老女とは思えない。悪戯(いたずら)がばれてなお、微塵(みじん)も反省せぬ悪童のごとき面構えである。眼前に立ちはだかる息子の姿を意地でも見るものかと言わんばかりに、ころりと丸い頭を異様なまでに横にむけている。その目が捉えているのは、眩(まばゆ)いばかりに輝く金の襖(ふすま)に描かれた枝ぶりのよい紅梅であった。

「本気で言うとるんじゃあるみゃあな」

家族と語る時、兄は尾張(おわり)の訛(なま)りを隠そうとはしない。関白太政大臣(かんぱくだじょうだいじん)という人の頂ともいえる位を得ようとも、母や姉弟の前では尾張中村(なかむら)の百姓のころと変わりがない。そんな兄に、仏頂面(ぶっちょうづら)の母が答える。

「本気だで」

「たいがいにしときゃあ」

兄こと秀吉(ひでよし)は、膨れ面の母の前に立ち、呆(あき)れ顔を秀長にむけた。昔から皆に猿だ猿だと陰口を叩(たた)かれていた兄の顔が怒りで真っ赤に染まっている。

母と兄は顔が似ていた。どちらも丸くて小さい。体付きも瓜(うり)ふたつで、遠くから見ていると、年老いた猿の親子である。

その点、秀長は父に似ていた。面長(おもなが)で骨が太い。体も大柄で兄とはまったく似ていない。

兄と秀長は、父が違う。

ここに集っているもうひとりの肉親である姉と、兄の父は足軽であったらしい。だが、とうぜん秀長は会ったことがない。秀長と、ここにはいない妹は、母と新たな父の間にできた子である。父は茶坊主で、織田信長(おだのぶなが)の父、信秀(のぶひで)に仕えていたらしい。らしいというのは、母と夫婦(めおと)になった時にはすでに職を辞していたので、秀長は父が城勤めをしていたころのことを知らない。

己のことを竹阿弥(ちくあみ)と名乗るこの父は、体が大きく顔も長く、秀長と瓜ふたつである。

「お前からもなんとか言うてちょーよ」

赤ら顔の兄が、秀長に言った。金糸銀糸をふんだんに使った胴服が、背後の金箔(きんぱく)張りの襖と相俟(あいま)って目がちかちかするほどに眩(まぶ)しい。生まれが卑(いや)しいから、有り余るほどの銭を得ると、どうしても周囲を金銀で飾り立ててしまう。そんな兄の心根は痛い程理解できる。

ここにいる親も子も皆、喰うや喰わずの暮らしをしていたのだ。父が働かないから、母が毎日朝早くから田畑に出て、土を耕し米や作物を作る。朝から晩まで働いても、手許に残る物はわずか。多くの米や作物が、年貢として侍に取り上げられる。残った物を家族で分けて、なんとか一年やり過ごすのだ。

いまとなっては考えられないほど、いつも腹が減っていた。

好きな物が喰え、欲しい物はなんでも手に入るとなると、目に付くすべてに贅を尽くしたくなるのが貧乏人の性根というものである。

「秀長あんたからも言ってやってちょーよ」

母の後ろでだんまりを決め込んでいた姉の智が、眉根に皺を寄せながら言った。この姉は、兄や母ともいささか違う。だからといって秀長や妹の旭にも似ていない。丸顔ではあるのだが、兄や母のように小ぶりではない。大きくて、すこしえらが張っている。鼻と唇の間が詰まっており、猿を思わせる容貌ではなかった。おそらく死んだ前夫の面影を色濃く受け継いでいるのであろう。

「姉ちゃんは黙っとってちょ」

兄が腰に手を当てながら牽制する。

「うるさい」

身を乗り出すようにして姉が兄をにらむ。姉には三人の息子がいる。長子の秀次は、兄に目をかけられ、近江に四十万石以上の所領を得ている。姉はいま、この息子とともに近江に住んでいるのだが、今回の騒ぎを聞きつけ大坂へと乗り込んできていた。

「藤吉郎に任せとったら、家族皆、三河に行かなならんようになるがね」

「そんなことにはなりませんよ姉上」

あまりの暴論に、さすがに秀長は反論した。

「秀長の言う通りじゃ。なんで家族総出で三河に行かなならんのよ。今回は、母ちゃんにひと肌脱いでもらおうっちゅうことだがね」

「わかりゃせんがね」

「母ちゃんが三河に行きゃ、家康もさすがに上洛せんわけにゃいくみゃーよ。そいで終わりじゃ。家康が三河に戻るまでの人質じゃ。終わったら大坂に戻ってきてちょーよ」

兄が困り顔を秀長にむける。

「どないすりゃええがね」

とにかく兄は、母に三河へと行ってもらいたいのだ。

兄の先の主、織田信長の盟友であり、目の上のたんこぶともいえる三河の大名、徳川家康を服属せしめるには、なんとしても上洛させて、公の場で頭を下げさせるしかなかった。小牧長久手の戦で実質的な敗北を喫した兄は、家康に与する者たちを搦手から懐柔してゆき、その間に朝廷にも工作の手を伸ばし、関白の位を得た。喧嘩では勝てないから外堀を埋める。兄らしいやり方である。これが功を奏し、家康はいまや兄に頭を下げるしか道がないというところまで追い込まれていた。

しかし家康にも意地がある。たやすく頭(こうべ)を垂れるわけにはいかない。

兄はまず、妹に目をつけた。長年連れ添った夫と離縁させた妹の旭を、家康の後添(のちぞ)えとして三河に送ったのである。最初の正室との確執に苦しんだ所為(せい)もあり、多くの側室を抱えながら後添えを持たなかった家康に、なかば強引に旭を勧め、両家の縁を結んだ。

しかし家康は重い腰を上げなかった。

それ故の母なのである。

豊臣秀吉が、妹だけではなく実母を人質として三河に送る。これは誰が見ても、最大級の敬意の表明であった。母を人質として送れば、いかな家康でも兄に頭を下げざるを得ない。もともと服従する機を探っていたのである。母の下向(げこう)は、十分過ぎる理由になるはずだ。

母を三河にむかわせたいという気持ちは、秀長にもある。兄とともに豊臣の政(まつりごと)の一端を担っている身としては、なんとしても家康を服属させねばならなかった。

だが。

豊臣家の一員としては、母の言いたいこともわかる。

「秀長」

しびれを切らした兄が、声を裏返らせながら弟を呼ぶ。もはや怒りが極限を超え、泣いているようにさえ見える。

「お前はどっちの味方なんじゃ」

「母ちゃんよね」

「儂に決まっとるがね」

兄と姉がにらんでくる。戦場ではどれだけの敵に囲まれても怯みもせぬ秀長であったが、鬼気迫る肉親の圧を前に思わず息を呑む。

「秀長っ」

「小一郎っ」

兄がいまの、姉は昔の名を呼ぶ。

ごくり……。

喉が鳴る。

金色の襖にむけられていた母の顔が、くるりと回って秀長を正面から捉えた。

「小一郎」

すぼめられていた唇がゆるりと開き、柔らかな声が秀長へと放たれる。

「は、はい」

ごくり……。

また鳴った。

母の目に先刻までの怒りはない。目尻が下がり、どこか寂し気である。

「おれを中村に帰してちょー」

母の下瞼に、みるみるうちに涙が溜まってゆく。久方振りに正面から見た母の顔は、昔よりも濃い皺に覆われていた。

そうなのだ。

母は三河行きを拒んでいるのではなかった。故郷の中村へ戻りたがっているのである。

呆れ顔の兄が、母の前に立ったまま溜息交じりに声を吐く。

「なにをいきなり言い出すかと思やぁ……」

「いきなりじゃないがね。昔っからずっとそう思っとったで」

兄にそっぽをむきながら、母が言う。それから再び、秀長を見ると皺くちゃの掌を合わせて拝み出す。

「頼むて小一郎。中村に帰してちょーよ」

「やめてください母上」

膝をついて、母の手を取る。

「とにかく、その話は三河から戻ってから改めていたしましょう」

「そうじゃ、秀長の言うとおりじゃ。とりあえず三河に行って、中村のことはまた皆で話しゃあええがね」

「おらぁ三河には行きたくねぇ」

「なんでよ」

「もう、お前たちのやることに付き合わされるのはうんざりだで」

「たわけっ」

「藤吉郎っ！　母ちゃんになんちゅうこと言うがやっ！」

「姉ちゃんは黙っとってちょーっ！」

「黙らんっ！」

「兄上も姉上も、落ち着かれよ」

「うるさい秀長っ！」

「黙りゃあ小一郎っ！」

弟を責める時だけは息が合っている兄と姉が、母を挟んでにらみ合う。そんななか、己の手をつかむ秀長に、母が哀願の言葉を投げる。

「おらぁ、もう疲れたがね。死ぬまでのあと少し。その間を、生まれた村で過ごしてぇと思うんは間違っとるかね」

「間違ってはおりません」

「だったら……」

「戻ってどないするっちゅーんよっ」

苛立ち紛れに兄が叫んだ。母はやはり兄の方を見ようとしない。そんな母ににじり寄るようにして、兄がしゃがみ込んだ。

「あんな村に戻ったところで、なんもありゃせんでしょーよ。いまさら帰ったところで、誰も笑って迎えいれてくれやせんがね」

「そんなことは行ってみなわからせんでしょ」

「母ちゃんは関白の御母堂様だで。母ちゃんが昔と変わらん言うても、昔のようにしてくれる者はおりゃせんがね」

「あんた関白なんやから、なんとかしてやりゃええでしょ」

「無理言うたらいかんがね姉ちゃん」

また兄と姉がにらみ合う。

秀長は掌をつかんだまま、母に目をむける。

「兄上が申されておられることも一理あります。母上が昔のように中村で過ごされたいと思われても、昔馴染みの者たちが果たしてどれほど残っておるものか」

母は七十一だ。村にいたころの馴染みの者は、大半が死んでいると思ってよい。

「それに、もし残っていたとして、母上はいまや関白、豊臣秀吉の母であります。民が気安く声をかけてよい御方ではありませぬ」

「そんなことは……」

そこで母が洟をすすった。みずからの境遇など母自身にも十二分にわかっているのである。わかったうえでのわがままなのだ。

だから、余計に質が悪い。

「母上が三河に行きたくないと申されるのであれば、我等も別の策を考えねばなりませぬ」

「秀長っ！」

詰問したそうな兄の声を無視して続ける。

「しかし、だからと言って、いますぐ母上を中村に御送りすることもできませぬ。もし、中村に母上が住まわれるというのであれば、そのための屋敷を建てねばなりませぬ」

皆が暮らしたあばら家など、とうの昔になくなっている。

「まずは敷地を用意いたさねばなりませぬ。中村に住まう者たちにも通達せねばならぬことが山ほどありまする」

「そんなことするこたぁ……」

「あるのです」

母の言葉を退け、秀長は続ける。

「先刻も申しました通り、母上は今や関白太政大臣の母。我欲のために母上を利用せんとする者がおらぬとも限りませぬ」

「秀長の言う通りだで」

悪しざまに兄が吐き捨てる。

「あの村の者たちは、儂のことを目の敵にしとった。皆、底意地が悪かったで。儂ぁ、あの村でされたことをいまでも忘れとらせんがね」

それは、兄にも原因があると秀長は思う。

まず、畑仕事を一切しない。そのうえ、村のなかでも貧しい方から数えた方が早い家に生まれたくせに、なぜか他の者を馬鹿にしていた。大人も子供も関係ない。自分より年嵩の者であろうと、兄は決してへりくだらない。儂はお前たちとは違うんじゃとはっきりと口にはせずとも、態度や口振りに尊大な勘違いが滲み出ている。だから、兄はすべての村人に嫌われていた。兄だけである。

秀長や姉妹、なんなら働かない父でさえ、村人たちと普通にやり取りしていた。秀長などは、面倒な兄ちゃんを持って可哀想になどと言われ、同情されていたくらいである。

「儂ぁ、一生あんな村に戻るつもりはねぇ」

村人にとっても願ったり叶ったりである。尊大であった兄が、尊大である資格を有して村に戻るなど、村人にとってこんな不幸はない。

「なんであんな村に戻りてぇのよ母ちゃん」

問いかける兄に、母は目を合わせようともしない。秀長に手をつかまれたまま、かたくなにそっぽを向き続ける。

「儂等が用意してやって、村に帰してやってもえぇが、嫌がらせされてもしらんがね。それでもえぇのかね」

「おれはこんな暮らしなんか望んどりゃせん」

金の襖を眺めながら、母がぽつりと言った。

「侍んなるっちゅうなら好きにすりゃえぇ。藤吉郎が村飛び出すんは仕方ねぇと思っとったわ。でも、お前はおれから小一郎まで取っていきよった」

「そりゃあ……」

抗弁しようとした兄が言葉を止めて、こちらを見た。

お前のことも儂の所為か。

細めた目がそう言っていた。

違う。

秀長が村を飛び出したのは、あくまで秀長の決断によるものだ。兄が清洲(きよす)城下で嫁をもらい足軽大将になったという噂(うわさ)を聞いた秀長は、兄を頼ろうと思った。村を飛び出して、己も武士になって家を持ち、妻をもらい、一家を成す。そんな夢を見た。

父と母にも伝えず、秀長は村を飛び出し、兄を頼った。足軽大将になったとはいえ、妻とふたりでなんとか暮らせるだけの暮らしぶりであった兄の狭い家に転がり込んだのも、いまとなってはいい思い出である。あの時胸に抱(いだ)いた夢の多くは叶(かな)った。

だが。

妻をもらって一家を成すという肝心な夢だけは、いまだに果たされていない。兄の覇道を支えることに精一杯で、他のことに構っている余裕がなかった。そして気付けば四十七。いまなお、妻を迎えることもなく身軽な暮らしをしている。

「近江に城を持ったから来いと言われた時も、喜んどったのは、お父ちゃんとこの子等だけだったがね」

「ちょ、ちょっと待ってちょーよ。あん時、長浜(ながはま)の城から琵琶湖(びわこ)を見て、これからずっとこんなよい眺めを見ながら暮らせるなんて夢のようだがねって言うとったのは誰よ」

「あん時は、お前が一生懸命頑張って手に入れた城だで、褒めたらないかん思うたがね」

「いまんなってそんなこと言うのはずるいわ母ちゃん」

顔を真っ赤にして母に詰め寄る兄が、秀長をにらみつけ、尖(とが)った顎(あご)を振る。

退(ど)け。

無言の圧である。

母の手を放して身を退(ひ)くと、滑り込むようにして兄が掌に腕を伸ばす。さすがは猿の母である。兄の意図を機敏に悟った母は、いままで秀長につかまれていた両手を、すっと己の背の方へと回した。

「なんでよ」

母は答えず今度は天井を見上げる。

「おれはこんな暮らし、ひとつも望んどりゃせんがね」

「そんなに中村に帰りてぇのか」

無言のまま母がうなずく。

「私からもお願いするがね。母ちゃんを村に戻してやってちょ藤吉郎」

姉の哀願を耳にしながら、兄はそっぽを向いたままの母を見つめ続ける。しばらくの沈黙の後、しゃがんだまま己の膝を叩いた兄が立ち上がった。

「あぁ、もうっ！　埒が明かんがねっ！」

兄が荒い鼻息を吐き、広間の端に目をやった。そこには一切の気配を消して座している家族以外の唯一の同席者がいた。

兄が母の脇を通り抜ける。

「お前ぇも付いてくるがね」

兄の声を聞き、秀長は立ち上がり、家族の輪から離れようとしている背中を追った。

「佐吉っ！」

広間の端に座る男の名を兄が呼んだ。

端坐のまま男が頭を下げる。

佐吉こと石田三成は、近江の寺で小坊主をしていた時に兄に拾われた男だ。戦の才はないが、政をやらせると抜群の働きをする。その腕は豊臣家中にあって頭ひとつ抜けていた。同じく戦より政にたずさわる方が性に合っている秀長でさえ、三成の才には敵わないと素直に感じている。だからこそ兄も三成を重宝し、このような家族の恥を晒すような場にもただひとり同席を許している。

「付いてこい」

三成に告げた時にはすでに兄は堅く閉じられた唐紙に両手をかけていた。

「少し休むで、母ちゃんと姉ちゃんはゆっくりしとってちょ」

背後を見もせずに言うと、兄は乱暴に襖を開いて広間の外へと出た。秀長が続き、最後に廊下に出た三成が、母と姉に一礼してから襖を閉じる。

「頭が固うて敵わんわ」

鼻息とともに吐き出して、兄が大股で廊下を進む。

広間の奥にある己の休息の間に秀長と三成を引き入れる。広間で客と面会する時、兄が直前まで支度をしたり、終わった後にひと息入れるための部屋である。十畳もないこぢんまりとした部屋で、三人で座れば十分な間合いを保ちながら小声で話せる。

「まったくっ」

荒い息とともに兄が上座にどかりと腰を下ろした。

秀長は下座に三成とともに座す。わずかに三成の方が兄から遠ざかっている。秀長に対する三成の無言の配慮であった。

胡坐をかいた膝に肘をつき、拳に顎を置いた恰好のまま、兄が三成を見る。

「どうする」

訛りの消えた言葉で兄が問う。三成は目を伏せ、静々と言葉を吐いた。

「とにかく大政所様を三河へ御遣わしになられることがなによりも肝要かと存じまする」

大政所様。母は家臣にそう呼ばれている。

「だが、あの通りだぞ」

呆れ顔で兄が吐き捨てた。母の頑固さにほとほと参ったという様子である。

「秀長も申しておったが、もはや母の三河行きは望まぬ方が良いのかもしれん」

たしかに秀長は、母に三河へ行かずとも良いとは言った。が、本心ではなんとしても三河へ行き、家康の重い腰を動かしてほしいと思っている。母ならばそれができる。

「大政所様にはなにがあっても三河に行っていただきまする」

三成が断言した。

この男は理を唯一至上の法として動いている。理に適わぬことは間違っており、理に沿うことこそが絶対正義だと信じて疑わない。豊臣家にとって家康を上洛させることは、絶対に為すべき一事なのである。そしてそれを可能にするのは、母の三河下向以外にありえない。ならば、可能不可能の問答など不要であり、どんなことがあっても母には下向してもらう。

どんなことがあっても、なのである。

「お前はそう言うが、ああなった時の大政所は梃子でも動かんぞ」

「交渉の余地はござりましょう」

「中村に帰すから、三河に行ってくれか」

「はい」

「儂も秀長も言うたではないか。だが大政所は、中村に帰りたいしか言わん」

兄の言う通りだ。

「いっそのこと」

三成が淡々と切り出す。

「中村に火をかけると脅してみますか」

兄が言葉を失う。

「大政所様が三河に行かぬのであれば、中村を焼くと脅してみてはいかがでしょう」

「本気で言うておるから恐ろしいわい」

硬い笑みを浮かべ、兄がつぶやく。

主の母の想いをないがしろにしようと、三成は一向に構わないのである。人の感情よりも、理の方が何倍も大事なのだ。

このあたりの冷淡さを、兄は重々承知して三成という男を使っている。だから、いまの発言に腹を立てることもない。しかし、こういう欠点を知らぬ者と、三成は度々衝突する。情を介さず理に走る三成を嫌う者は豊臣家中に多い。特に、情によって戦況が左右される戦場で生きる武張(ぶば)った者たちは、ほとんどが三成を嫌っていた。

「火はさすがにまずかろう」

「付けはいたしませぬ。威(おど)すだけです」

「それでもまずかろう。息子が生まれ故郷に火を付けると言うのじゃぞ」

「あの村の者は許さぬと殿下御自ら申されておられたではないですか」

「それとこれとは話が違おうが」

二十七の若者に、五十になる兄が押されている。一喝(いっかつ)してしまえば三成は黙るのだが、それではこの場に呼んでいる意味がない。

「兄上」

秀長が問答に割って入ると、三成が気配を悟って口を閉ざした。そのまま顔を伏せ、秀長の言葉を待っている。兄に拾われてきた三成に政の一切を叩き込んだのは秀長である。理を第一と定める三成であっても、秀長に対する敬意は失っていない。

「なんじゃ」

困り顔で兄がうながした。

「兄上が頭を御下げになれば、母上もあれほどかたくなになることはなかったのではありませぬか」

「なんで儂が頭を下げなければならんのじゃ」

「旭ですよ」

いま思い出したと言わんばかりに、兄が息を呑んだ。

「夫婦仲よくやっていた旭を離縁させて、家康殿に嫁がせたことを、母上はいまも怒っておられるのではないでしょうか」

「だからというて中村に戻りたいとは……」

「兄上のなされようにほとほと嫌気がさされたのではありませぬか」

「だ、だが儂はっ！」

「某(それがし)に怒っても詮なきことにござりましょう」

即座に放った秀長の言葉に兄は機先を制されて黙った。

「兄上は某たちのために働いたのだと仰せであらせられますが、本当にそうなのですか」

「当たり前じゃ。御主(おぬし)や母ちゃんや姉ちゃんや旭のために儂ぁ、骨身を削って働いたがね」

必死に弟にむかって語ると、どうしても訛りが出てしまうらしい。そんなことは構わずに、兄は己(おの)が想いを口にする。

「儂が信長様の元で出世したから、儂が関白になったから、お前たちはこうやって……」

「わかっております。が、それはすべて兄上御自身のためではござりませぬか」

「なんじゃと」

「どれだけ人のためと申してみても、所詮は我が身が可愛いもの。己が身を立てたその後になってはじめて、まわりの人が見える。兄上も御自身がまず出世して、余裕ができてはじめて、郷里にあった母や姉たちのことを想うことができたのでは」

「そ、それはたしかにそうじゃが」

「旭のことは、兄上の我儘にございましょう」

「旭が家康に嫁ぐことは豊臣家にとって……」

「母上はそうは思われておられませぬ。そもそも母上は、御自身を豊臣家の一員と思われておられるのでありましょうや」

兄が言葉を失う。秀長は押す。

「母上はいまでも木下弥右衛門の妻であったころから名乗っておる木下の姓を、胸の奥に大事に仕舞っておられるのではありませぬか」

どれだけ兄が出世をし、羽柴や豊臣と名を変えようと、母には関係のないことなのだ。

「兄上の覇道に巻き込まれた。いまも母上はそう思われておられるのではありませぬか。故に、旭の幸せを奪った兄上を、母上は許せぬのではありますまいか」

「だから中村に帰るなどという我儘を」

「我儘ではありませぬ。あの村こそが母上の生きるべき所。どれだけ兄上が憎まれようとも、母上にとって中村は、そこで生まれ、夫を持ち、子を生し育てた、掛け替えのない場所なのです。そこへ帰りたいと申されるのは、人としてなにも間違ってはおらぬと某は思いまする」

三成が理で説くならば、己は情で説く。決して対抗心からの行いではない。理と情の二輪があってこその道理であると考えるが故の、秀長なりの献策であった。

「御主はいってぇ、どっちの味方だがね」

詰問する兄の声に勢いがない。恨めしそうに弟を見つめ、不満げである。

「某はどちらの味方をしておるつもりもありませぬ」

「お前も儂を恨んどるんきゃ」

「兄上とともに歩むこと、某は一度たりとて後悔しておりませぬ」

「殿下」

兄弟の間に、冷淡な声が割って入る。

「とにかくいまは、大政所様をどうやって三河に御送りするかを」

「わかっとる」

童のように口を尖らせて兄が答えた。その顔は、先刻の母を彷彿とさせる。

「儂が頭を下げりゃあ、母ちゃんは首を縦に振ると思うか」

問われて秀長は素直に答える。

「わかりませぬ。が、やらぬよりやった方がよいかと存じまする」

「佐吉はどう思う」

「さて、謝って気が済む程度のことであれば、よろしいのでは」

「母ちゃんは許してくれるかのぉ」

「とにかく、頭を下げ、三河に行ってもらい、大坂に戻ってきてもらってから、中村へ帰っていただく。あと一度だけ豊臣家に力を貸してくだされと兄上が頼めば、母上も断わりはいたさぬものかと存じまする」

「やってみるしかあるみゃー」

溜息とともに兄が重い腰を上げた。


「藤吉郎殿っ！」

金色の襖を開けた兄の背を越え、聞き慣れた声が秀長の耳に届いた。

「どうして、おみゃあまでここにおるがね」

「お前様の妻ですものっ」

兄とともに広間に入ると、新しい顔が増えていた。

しかもふたつ……。

ひとりは兄の妻、於禰(おね)である。母の隣に座っていた。四十近くになろうかというのに、少女のごときみずみずしい輝きを湛(たた)えた瞳で、近づいてくる夫を見上げている。村を飛び出し、身ひとつで兄の元に転がり込んだ秀長を、実の弟のように親身になって世話してくれた義理の姉だ。秀長はこの義姉に、実の姉や妹よりも近しい気持ちを抱いている。

そしてもうひとり。

姉の後ろに、肩を縮めるようにして純白の素襖に身を包んだ少年が座っている。

「お前も近江から来とったか」

上座にどかりと腰を落ち着けた兄が、少年に声をかけた。

甥の秀次である。みずからの子がいない兄は、この甥のことをゆくゆくは豊臣家の惣領にと見込んでいるのだが、いささか武士としては覇気が足りない。しかも、兄の前では平素よりも余計に萎縮してしまって、手の付けようがない。十九になっているというのに、いまも姉の後ろに隠れるようにして、そわそわしている始末である。

上座の兄と、向かい合う女たちの間の位置に、秀長は横をむくようにして腰を下ろす。丁度、左に兄、右に母たちを置く恰好である。佐吉は兄よりも早く広間の端に退き、秀長が座ると静かにみずからも腰を下ろした。

「隠れとらんで堂々と座らんか」

「そうやって怒るから怖がっとるんだがね」

「儂ぁ、別に怒っとりゃせんがね」

我が子の肩を持つ姉に、兄が呆れ顔である。

「そんなことはどうでもいいんです！」

於禰がふたりに割って入る。

「そんなことって……」

姉が不満げな声を漏らすが、義姉は聞かずに母の肩に触れながら身を乗り出す。

「御母様の望みを聞いてくださいませ旦那様」

「おみゃあまで、そんなこと言うがや」

不思議と義姉は尾張の言葉を話さない。岐阜にいたころまでは話していたと思うが、いつのころからか、肉親の前でも訛りが出ないようになった。近江に城を持ち、当地の者と接することが多くなってからのことではないかと秀長は思っているが、確証はない。

「御母様が中村に帰りたがっていらっしゃるのです。叶えてあげましょう」

「そうだで。於禰さんの言う通りだがや。藤吉郎、母ちゃんを中村に戻してちょ」

姉が勢い付き、兄が妻に溜息交じりの声を投げる。

「おみゃあがしゃしゃり出てこんでもええのよ。部屋に戻っとってちょーよ」

「いいえ。私からも頼みます」

新たな庇護者の登場とともに勢いを増した敵を前に、控えの間で話したことを兄は完全に忘れてしまっている。母をなだめるより先に、己が妻へと目が行ってしまっている。

「私にはわかっていたんです。御母様がお城での暮らしに馴染めていないこと」

「なんで、そん時に儂に言わんかった」

「あなたは忙しかったじゃありませんかっ！　なにかあると二言目には信長様のために信長様のためにって。私を見てくれもしなかった」

「そりゃあ、儂ぁ、あん時は忙しゅうしておったし、家のことを見る余裕はなかったがね」

「だから言えなかったんじゃありませんか」

話がすり替わってしまっている。

「兄上」

助け船を出したが、兄の耳には入っていない。食い縛った歯を剝き出して、古女房をにらんでいる。

「皆、これまで旦那様の我儘に付き合ってきたのです。私は仕方ありません。あなた様の女房なのですから。でも母上様には、母上様の暮らしがあるのです」

「秀次っ！」

兄は古女房から逃げるように、姉の背後に隠れている甥を見据えた。不意に己の名が呼ばれ、秀次がびくりと肩を震わせる。

「御主はなんでここにおるんじゃっ！」

総身に溜まった鬱屈を、怒りに変えて甥にぶつける兄。ぶつけられた秀次はたまったものではない。いまにも泣きそうな悲鳴を喉の奥から吐き出して、姉の後ろに隠れる。

「しゃんとせぇっ！」

その姿がいっそう兄を苛立たせる。

ここまで甥が兄を恐れるのには理由があるのだ。兄と家康が直接刃を交えた小牧長久手の戦で、甥は総大将を任された。しかし年嵩の家臣たちの暴走を止められず、家康の奇襲を喰らい、完膚なきまでに敗れてしまった。とうぜん秀次は兄から手厳しく叱られた。それ以来、秀次は兄の顔を真っ直ぐ見られなくなった。

背後で身を縮める息子をかばうように、姉が上座にむかって口を開く。

「藤吉郎」

「姉ちゃんが甘やかしとるから、秀次はいつまでたっても独り立ちできやせんがね」

「そんなこと言ったって」

「秀次っ！」

姉を無視して兄が怒鳴る。

「出てこんか秀次っ！」

恐る恐る甥が母の肩から顔を出す。

「そこに座れっ！」

秀長とむかい合う場所を兄が指し示す。

「座れっ！」

声の圧に背を押されるようにして、秀次が示された場所におずおずと座った。

「御主はなんでここに来た。訳を申せ」

「秀次は」

「姉ちゃんには聞いとらんっ！」

厳しい声を発し、兄は秀次を見つめ続ける。

「藤吉郎。もうええ」

「母ちゃんも少し黙っとってちょ」

もともとの発端である母が久方振りに己にむかって口を開いたというのに、兄はそれを止めて秀次に問いを投げ続ける。

「秀次。お前はどう考えとるんじゃ。自分の思うとることをはっきりと言わんか」

皆の視線が震える少年に注がれていた。畳の目を数える秀次は、桃色の唇をふるふると震わせながら、なにかを考えている。

「秀次」

「わ、私は……」

やっと甥が口を開いた。

「藤吉郎」

「黙ってちょ」

ふたたび助け船を出そうとした母を、兄が止めた。その真剣な眼差しは、次代の惣領にと見込んでいる甥に注がれている。

「秀次。お前は自分でここに来たんじゃねーのか」

「はい」

「だったら、ちゃんと思ったことを言わんか」

どう接してよいのか戸惑っている兄の心根が、かすかに揺れる声に滲み出ている。そんな叔父の葛藤などに思いが至るはずもなく、秀次は組まれた己の掌に目を落としながら、ゆっくりと言葉を紡ぐ。

「私は中村に行ったことがありません。それ故、何故そこまで御婆様がこだわられるのか、わからぬのです」

そう。

この甥は中村を知らない。

「知らんのなら、わざわざ顔を出……」

「知らぬから」

兄の言葉を秀次がさえぎった。依然として目は掌にむけたままである。

「知らぬからこそ、わかることもあります。わ、私には、御婆様のように、これだけ皆を掻き乱してまで戻りたい場所はない。だ、だから私は、御婆様が羨ましゅうござります」

「だから」

苛立ちを満たした声で兄が急かす。秀次は動じず、訥々と語る。

「私も中村を見てみたいと思いました」

「小牧にむかう道中に、同じような村をいくつも通ったであろう。あれ等となんも変わらんがね」

吐き捨てる兄を、秀次がはじめて見た。いまにも泣きそうだった顔に、仄かな自信のようなものが見え隠れしている。

「御婆様にとって、中村の代わりはどこにもないのではありませぬか。た、多分、叔父上にとっても母様にとっても、秀長叔父上にとっても、中村の代わりとなる地はどこにもないはず」

「そりゃあそうじゃが」

兄が上座で言葉を濁す。

「秀次の申す通りやもしれませんな」

ここが頃合いかと、秀長は甥を助ける。

「兄上がどれだけ生まれ故郷を憎まれても、母上が中村を恨むことはありませぬ。帰りたい。その一心でこの場におられる」

「そんなことはわかって……。あっ……」

弟の顔を見た兄は、控えの間で話し合ったことを、どうやら思い出したようである。

「母上はあのころから、なにひとつ御変わりになられておられぬのでしょう」

「秀長殿の申される通りだと、私も思いますお前様」

於禰が言葉を足して洟をすすった。

「どうかね藤吉郎。ここらで母ちゃんを好きにさせてやってくれんかね」

姉の顔は涙でぐしょぐしょに濡れている。

「皆で儂を悪者にしようとしとるがね。べ、別に儂ぁ……」

「そういうことじゃにゃーよ」

「母ちゃん」

「あんたが気張ってくれたけ、皆こうして、贅沢な暮らしができよるがね。おれはお前に感謝しとる。お前がおってくれたけ、秀次も城など持っておられる。おれだって、お父ちゃんと中村におった時には思いもせんかったような贅沢をいっぱいさせてもろうたがね」

「やったら」

「もう、十分だぁ」

これまで兄に対して強硬な態度を取っていた母が、はじめて笑った。

「旭のことはおれはなんも言わね。離縁させて可哀そうとは思うが、旭も納得して三河に行きゃーしたがね。兄様の役に立てるんなら、それでええ言うとった」

「旭が、そんなことを……」

口籠(くちご)もった兄に、母が穏やかにつぶやいて、静かに頭を下げた。

「近頃、賑やかな大坂の暮らしがきつうてたまらんがね。おれはそう長くはにゃー。中村に帰って、土いじりながら死んでゆきてぇと思うとるがね。頼む藤吉郎」

「いや」

洟をすすって兄が首を振った。いつの間にか上座を離れて母の元へと歩み出している。秀長をはじめとした家族は、兄と母を黙したまま見守っていた。姉などは、兄よりも激しく鼻水をすすり上げている。そんな母の背を、秀次が優しく擦(さす)っていた。

「お前様」

兄へと近づこうとした義姉の袖を秀長はそっとつかんだ。小さく振り返った於禰に、口を閉ざしたまま顔を左右に振る。義弟の言いたいことを悟った義姉は、目を伏せそのまま動きを止めた。

兄が母の前にひざまずく。

「謝らならんのは儂の方だがね」

我が子の肩に手をやって、母が穏やかに首を振る。兄が嗚咽(おえつ)とともに、みずからの想いを吐き出す。

「儂が頑張ってきたのを、皆して余計なことやと言うとるように聞こえたがね。それで、儂もきついこと言うてしもうた。許してちょ」

「わかっとるよぉ。全部わかっとる」

「儂だって母ちゃんに中村に戻ってもらいたいがね。だけど、三河に……。三河の家康んところに行ってもらって……」

「おれなんかが行って、徳川さんが都に来てくれるんかね」

「当たり前じゃ。母ちゃんは関白太政大臣の生母だがね」

母を見上げる兄の瞳は、家臣たちにむけるそれではなかった。中村で畑仕事から逃げ回っているころの、木下藤吉郎。いや、それよりもずっと前、秀長さえ知らぬ、日吉丸と呼ばれていた幼少のころのあどけない輝きが、五十の兄の瞳に宿っていた。

「おらぁ、そんな大層な者じゃにゃーよ」

「母ちゃんがそう思うとらんでも、まわりは違うがね。母ちゃんを見れば、家康もきっと重い腰を上げる。間違いにゃーよ」

「そういうもんかね」

「そういうもんだがね」

己が肩に触れていた母の掌を、兄が両手で握りしめる。

「頼むがね母ちゃん。藤吉郎の最後の頼みやと思うて、どうか三河に行ってちょ」

兄が額を叩きつけるようにして、母に懇願する。久方振りに見た兄の平伏であった。あれほど勢いよく兄が頭を下げた姿は、死んだ旧主の前でしか見たことがない。

「豊臣家が浮かぶか沈むかの瀬戸際だがね。豊臣家の命運は母ちゃんにかかっとるんじゃ」

空いた方の手を、母が兄の背に当てた。

「そこまで言うんなら三河に行きゃーす」

「母ちゃん！」

兄が頭を上げる。

「それでええの母ちゃん」

姉が心配そうに問うのに、義姉が同調するようにうなずく。ふたりの娘に目をやって、母がにこやかに笑った。

「命まで取られる訳じゃあるみゃー」

「当たり前じゃ」

母の言葉に兄が答えて、激しくうなずく。母はふたりの娘に目をむけたまま、穏やかな声を連ねる。

「おれの豊臣家への最後の御奉公だがね。旭の顔を見に行くつもりで、ちと三河に行ってくるがね」

「藤吉郎」

母の言葉を聞いた姉が、背筋を伸ばして畳を滑りながら、兄との間合いを詰める。

「家康の上洛が無事に終わって、母ちゃんが大坂に帰ってきた時には……」

「戻ってくるこたぁあるみゃーよ」

「え」

「三河からそんまま中村に行きゃーええ。村の方の支度は佐吉に整えさせとくがね」

家族の視線が広間の端に座る三成へと一斉にむいた。怜悧な若者は、主の言葉に応えるように、口を閉ざしたまま静かに頭だけを下げる。それを見て安堵した姉が、母の肩に両手をやって、ちいさく揺さぶった。

「中村に帰れるがね母ちゃん」

「これまで豊臣家のために、ありがとうございました」

義姉が母に頭を下げる。姉に肩を揺らされながら、母は於禰に優しく語りかけた。

「於禰さん、藤吉郎のこと頼んだがね。この子はこんな爺ぃになっても、頑固なとこは変わりゃせんがね。これからも色々と苦労するとは思うけど、どうか藤吉郎のこと見捨てんとってちょ」

「えぇ、えぇ。わかっております」

「なんじゃそれは。見捨てんとってやっとるのは儂の方……」

「藤吉郎っ！」

母の言葉が兄を止めた。子供に戻っている兄は、久しぶりに聞いた母の叱責に、思わず掌を離して背筋を正す。

「於禰さんを大事にせんと許さんがね」

「わかっとるて」

「許してちょーよ於禰さん」

母がぺろりと舌を出す。その姿があまりにも滑稽で、義姉が思わず噴き出した。つられて姉が笑う。緊張で倒れそうになっていた秀次が、母の大笑いで心が解きほぐされたのか、声を上げて笑った。

秀長も口角を緩める。

「へへ……。へへへへ」

兄もばつが悪そうに笑う。

「母ちゃん」

恐る恐るといった様子で、兄が母を呼んだ。皆の笑顔に包まれた母は、己も破顔したまま息子の方に顔をむけた。

「たまには大坂に来てちょ」

「おれはもう年だで、会いたくなったらお前の方が尾張に来てちょーよ」

「ほうじゃ、ほうじゃ。母ちゃんにこれ以上、苦労かけちゃいかんがね藤吉郎」

「姉ちゃんは黙っとってちょ」

本当に久しぶりに兄弟揃(そろ)って笑っている。ここに旭もいればとも思うが、母に会えばきっと妹も喜んでくれるだろうと思い、秀長はひとり納得した。

十日後。

母は三河へと旅立っていった。


大坂城の天守最上階に張り巡らされた廻縁の縁に立ち城下を見下ろす兄の背を、秀長は座したまま見つめていた。

「で、母上は」

兄の背中に語りかける。

「別になんも変わりゃせんがね」

「そうですか」

「そうですか、じゃにゃーっ！」

猫の悲鳴かと思うほど甲高い声を吐き散らし、兄が振り返った。

「母ちゃんが村の者に特別に扱われんよう、佐吉に重々支度させたんに、十日もせんうちに戻ってくるたぁ、どういう性根しとったら、そんなことできるがや」

兄が言う通り。

母が帰ってきた。

三河への人質を無事に果たし、その足でそのまま尾張中村に隠遁するはずだった母が、中村に着いたという報せを兄が受けてから十日ほどで、大坂に戻ってきたのである。

「屋敷だって建てさせたんじゃぞ。母ちゃんが三河におるうちにじゃ。それも、中村の者が怖気づかんくらいの粗末な家を、佐吉に言うて作らせたんじゃ。見張りの者を置くための差配やら、村人への申し含み。なんもかんも佐吉に骨を折らせて整えたんじゃ。あの秀次も珍しゅうやる気んなって、近江から色々と運ばせよった。あいつが自分から御婆様のために何かしてぇと言うたんじゃ。それをなんじゃ、あの人は。戻ってきても、儂になにひとつ言いにもこんがね。儂が行って、なんがあったか聞いても、〝別に〟で終わりじゃ。三河に行く時、あんだけ打ち解けたはずが、前よりよそよそしゅうなっとるがね」

「左様ですか」

「お前にはなんか言うとりゃせんがね」

「某にもなにも」

秀長は首を振る。

だが、大方の予測はついている。

「なんじゃありゃ。儂は訳がわからんわい」

ふたたび城下に目をむけながら、兄が肩をいからせる。

秀長は三成からの報せを受けていた。

中村に戻った母は、三成が作らせた家を見た途端、大いに喜んだという。三成以下、同行した侍たちを笑ってねぎらったそうだ。

が……。

秀長にはわかる。

母は落胆したのだ。気落ちしたからこそ、三成たちを激しくねぎらった。己が悲しい顔をすれば、誰かの身が危うくなる。それを恐れての過剰な喜びであったのであろう。

村人たちも、笑顔で母を迎え入れたそうである。

母の家の周囲に用意された田畑には、毎日のように村の若者が手伝いに現れたという。母はその若者たちに、丁寧に頭を下げ、ともに畑仕事を行っていたそうだ。村人たちから作物や、飯の差し入れなどが毎日届き、母は恐縮しながらも、それらを受け取り、日々の暮らしに窮することなどなかったという。

違う。

中村での母は、暮らしに窮していたのだ。

働かない旦那と幼い子どもたちを抱え、頼りの長子は侍になるなどという愚にもつかない夢を見て村の鼻摘(はなつ)まみ者になっている。そんななかで、母は細腕一本で家族を養っていたのだ。助けてくれる者などひとりもいない。当たり前だ。村人だって、他人を助けるような余裕はなかったのだ。中村の者たちだって、己と家族のために精一杯だったのである。

もはや。

いまの中村に母が望む居場所など、どうやったって見つからなかったのだ。よしんば兄が気をつかわず、三成になにもさせず、あばら家に母を捨てたとしても、なにも変わらなかっただろう。関白の母という枷は、死ぬまで母の足に嵌ったままなのだ。

それを、母は十日あまりの中村での暮らしで痛感したのである。

もう二度と己はあのころに戻れない。

兄がどれだけ言葉を弄したところで届かなかった事実を、故郷は残酷なまでに強烈に母の心に刻みつけたのだ。

「しばらくは」

怒りに震える兄の背に語りかける。

「そっとしておいてあげましょう。そのうち母上の方から、兄上にお話しになられるかと存じまする」

「また……。余計なことをしたんかのう」

寂しそうにつぶやく背に首を振る。

「秀長よ」

「はい」

「儂は二度と中村には帰らんぞ」

「それがよろしいかと存じまする」

兄に答えながら、己も二度と村には戻らぬだろうと、秀長は思う。

母の帰郷は、家族と三成以外の者には伏せられ、たずさわった者たちも口外を厳しく禁じられた。

母は死ぬまで中村に戻らなかった。

おとなりさんちのかたきうち

どさり……。

障子戸のむこうで、積もった雪が落ちる音が鳴った。

「赤穂と言うたか、その侍は」

真夜中の訪問者が告げたという名を口にして、土屋主税逵直は背筋を上ってくる悪寒に少しだけ震えた。

「真に赤穂浅野家の臣と名乗ったのか」

枯れ果てた顔が、みずからが持つ手燭の火に照らされ、闇のなかにぼんやりと浮かんでいる。明かりのなかの年老いた奉公人は、逵直の問いに、にへらと笑いながらうなずいた。

「まだおるのか」

「主に御目通りし、みずからの口から申し上げたいと言うて、門外に待っておりまする」

「面倒な……」

褥に座ったまま立ち上がる気になれない。

「儂が行かねばならんのか」

「相手もそうそう挨拶まわりに時をかけてもおられますまい。寝ておられると答えれば、しつこく待ちはいたさぬものかと」

「竹蔵」

「は」

名を呼ばれた奉公人は、短い声を吐いて、主の言葉を待つ。

寒い。とにかく寒い。こんな日の真夜中に、外に出る気になどなれなかった。

「襲ってくることはあるまいな」

「まさか」

笑いながら竹蔵は答えたが、逵直はなかば本気で問うていた。

赤穂浅野家の家臣と名乗る者が門前にいるのなら、そいつは間違いなく頭に血が上っているはずだ。これからやろうとしていることのついでの駄賃として、気に喰わぬ者のひとりやふたり殺すことくらい訳はないだろう。

そう……。

いま門前に立っているであろう客が、これから行おうとしているのは人殺しなのである。

「あ」

外から漏れ聞こえてくる音に、逵直は思わず声を上げた。

「聞こえぬか」

「はて」

「外じゃ外」

「ん」

片方の眉を思い切り吊り上げながら、竹蔵が首をすくめる。

降り積もった雪のせいで真夜中なのに薄く輝く障子戸を指差し、逵直は声を荒らげる。

「始まったぞ」

「あぁ」

さすがの翁にも聞こえたようである。

「な、やっぱり……。やっぱり奴等やりおった」

声が聞こえてくるのは間違いなく塀のむこう。隣の屋敷からである。

吉良上野介義央。

隣の屋敷の主の名である。

高家肝煎なる役職を長年務めてきたという老人であった。公儀の典礼や儀礼の際に、それら一切を差配し、滞りなく挙行するのが高家肝煎の務めであるらしい。特別な家柄の者しか任じられないという。隣の老人が生まれた吉良という家柄は、源氏の流れを汲む名流なのだそうだ。

だからどうした。

一年ほど前に老人が越してきた時から、逵直の想いはまったく変わっていない。

高貴な家柄。高家肝煎。源氏の名流。そんなことは知ったことではない。

隣の老人は、越してくる半年ほど前に、江戸をにぎわせる事件の当事者となっている。そしてそのわだかまりは、いまだ晴れてはいない。

いや……。

今宵晴れようとしている。

かもしれない。

門前の客の本懐が遂げられれば、わだかまりは晴れるだろう。しかしそれも、本来ならば逵直の知ったことではないのだ。他家との遺恨を抱える老人が隣に越してきたことで、逵直はいままさに騒動に巻き込まれようとしている。

褥に座したまま頭を抱えた。

「如何なさりまするか」

「急かすな」

頭を抱えたまま苛立ちの声を吐く。

すでに塀のむこうから聞こえる声は、遠慮無用の大騒ぎである。敵味方入り交じり、しきりに怒号が飛び交っている。もしいまのいままで逵直が寝ていたとしても、聞くに堪えぬ大声に叩き起こされていたことだろう。

「このままやり過ごしましょうか」

竹蔵のうかがうような声がした。

押し込み強盗同然の仇討ちである。一刻も早く吉良上野介を探し出して首を討たねば、いつ何時吉良の後詰が現れるかわからない。吉良の息子は米沢上杉家に養子に入っている。米沢上杉家といえば、元を辿ればかの上杉謙信公まで行き着く。勇猛果敢な上杉家の侍たちが押し寄せてきたら、血気に逸る浅野の旧臣たちであろうとたまらぬはずだ。そう考えると、門前で待つ客は、長居できないはずである。だが、下手な禍根を残すのは、この際できるだけ避けておかねばならないとも、逵直は思うのだった。

「行く。行けば良いのだろう」

口を尖らせ吐き棄てながら、逵直は乱暴に立ち上がる。

「いや別に行けとは……」

悪態を吐かれた竹蔵がぼそりとつぶやくのを聞き流し、逵直は寝間着の上に紺地の羽織を羽織ると、そのまま廊下に飛び出した。

「寒いっ！」

なにもかもに腹が立つ。

あの老人が隣に越してくるまでは、何事もなく生きてきた。旗本寄合三千石という禄は決して多くはないが、それでも不平不満はなかった。

本来ならば、殿と呼ばれて生きていくはずだったのだ。上総久留里二万石。逵直が継ぐはずだった領地である。

父が悪かった。

若いころから素行が悪く、積もりに積もった悪行により改易されてしまった。しかし、甲斐武田家の重臣、片手千人斬りの異名を持つ土屋昌恒を父祖に持つ土屋家が絶えることを嘆いた幕府の温情によって、三千石の旗本株が与えられ存続が許された。

逵直にはなんの不満もない。

本来ならば父の改易とともに、土屋家は没落していたはずなのである。理不尽な責めを負い、腹を切らされたというわけでもない。家臣領民、誰もが納得ずくの改易だったのだ。浅野家の家臣たちのように、主のために仇を討つなどというようなこともなく、土屋家は大名の地位を奪われてしまったのである。

三千石の旗本株……。

上等ではないか。

「べっしゅいっ！」

鼻の奥を針で刺されたような心地を感じると同時に、唾と鼻水が一気にほとばしった。思いきり洟を吸い上げていると、後ろを付いてくる竹蔵が手拭いを差し出してきた。無言のまま受け取り、手拭いで両の小鼻を挟みこんで、息を吐く。

「ん」

鼻水で濡れた布切れを背後にむけて掲げる。竹蔵がそれを受け取った時には、玄関先まで辿り着いていた。主の到来を待つように、中間がふたり、玄関を開け放って土間に控えている。大きく肩の盛り上がった大柄な若者と、気弱そうなもうひとりが、同時に顔を伏せた。

「まだいるのか」

「はい」

框の下に揃えられた草履に足の指を入れながら問うた遠直に、大柄な中間が答えた。

溜息とともに敷居をまたぐと、門までは一直線だ。吉良の屋敷は門の反対側にある。喊声は背後から聞こえてきていた。声に誘われ振り向くと、己が屋敷のむこうの空が薄紅に染まっていた。吉良の屋敷に灯る明かりが、空を照らしているのだ。喊声が聞こえてこなければ、火事かと見紛う明るさだった。

「太鼓……」

殺気走った男たちの声に紛れて、小さな太鼓の音が聞こえてくる。規則正しく打たれるその音色が、殺伐とした声のなかでやけに冷たい響きをもって耳に触れてくる。遠直は太鼓の音色を遠ざけるように、吉良の屋敷に背をむけると、門の方へ歩き出した。

いた……。

客の到来に急遽掲げられた提灯の明かりのなかに、見慣れない装束の男が立っていた。黒い羽織の袖が、白いぎざぎざ模様で飾られている。胸を張って立つ男は、槍(やり)を手にしていた。石突(いしづき)を地に刺す姿は、まるで戦国の世の侍のそれである。

「おい」

後ろを付いてくる竹蔵を呼ぶ。

「あれで突かれはせぬよな」

「まさか」

またも笑いを含んだ声で竹蔵がつぶやいた。

「何故(なにゆえ)、遠直様が槍で突かれなければならぬのです。浅野家と土屋家の間にはなんの遺恨もございますまいに」

「わからんだろう。このような血迷った真似(まね)をする者たちだ。行きがけの駄賃に、隣の家の旗本を突き殺してやろうと思うやもしれんぞ」

「ぷふっ」

竹蔵が噴き出す。

「冗談ではない」

「でも、そんなことある訳が……」

「御主(おぬし)は奴の前に立たぬから、そうやって笑っておられるのだ。儂の身にもなってみよ」

「居留守を使えば良かったではないですか」

「うるさい」

言っている間にも門が近づいてくる。

竹蔵が問答を切り上げるように、大きな咳払いをひとつする。我に返った逵直の目の前に、だんだら模様の羽織の男が立っていた。開け放たれた門を挟んで相対すると、息を呑むほどに大きい。小柄ではない逵直ですら、見上げるほどの偉丈夫である。

「何故、其方のような者が……」

「は」

思わずつぶやいていた逵直に、目の前の男が不審の声を投げた。其方のような者が何故、挨拶になど来ているのか。こんなところで油を売っている暇があるのなら、吉良の屋敷で思い切り暴れれば良いだろうに。そう思っていたところ、思いの切れ端が言葉となって口から零れ出したのである。

「い、いやなんでもない」

答えて、男に負けぬよう胸を張る。

「この屋の主、土屋主税である」

聞くと同時に、男が槍を倒して片膝立ちになり、深々と頭を垂れた。

「夜分の見参、御容赦願いまする。某は播州赤穂、浅野内匠頭の臣、大高忠雄と申す者。故あって今宵、同心いたせし四十六人の同朋とともに主の仇、吉良上野介を討ち果たすため、その屋敷に罷り越しましてござりまする。土屋様におかれましては、何卒見過ごしていただきたく、同朋を率いし大石内蔵助の命を受け、罷り越した次第にござります。騒がしきこととは存じまするが、何卒御容赦いただきたい」

浅野内匠頭の臣と大高何某は名乗った。が、浅野内匠頭はすでにこの世にいないし、彼等は家臣でもない。播州赤穂の浅野家は内匠頭が江戸城内で脇差を抜いた罪によって、取り潰しになっている。そして、内匠頭がこの時脇差を抜いて斬りかかった相手が、隣に住む吉良上野介なのだ。

朝廷からの使者が江戸に下向するその饗応を命じられた内匠頭は、高家肝煎である吉良上野介に教えを乞うた。饗応役を粗相なく務め上げるためにも、吉良から教えを乞わねばならぬ内匠頭であったが、なにを思ったかその吉良に刃をむけたのである。

〝この間の遺恨覚えたるか〟と、叫んで凶行に及んだという話は、江戸じゅうの噂となったから逵直も覚えている。襲いかかられた吉良は額と背中を斬られながらも命に別状はなく、斬りかかった内匠頭は、駆けつけた者たちに取り押さえられ即日切腹と相成った。

内匠頭は腹を切らされたが、吉良は手向かいせずによく耐えたとして御咎めなし。喧嘩両成敗が原則であるものの、内匠頭のみが責めを負うという将軍直々の裁定であった。浅野家は内匠頭の息子が継ぐことによって存続を許されるという目もあったのだが、結局はこれも許されずに断絶と決まった。

この裁定に腹を立てたのが、浅野家の旧臣たちである。主ばかりが責めを負い、吉良は一切御咎めなし。それでは家臣たちの立つ瀬がない。主の死から一年九カ月。断絶によって浪人となった浅野家の旧臣たちは、ついに憎き上野介を討つために吉良の屋敷に押し入ったのである。

無言のまま片膝立ちで待つ浅野の旧臣を見ていると、胸が熱くなってくる。

よくぞ主のために……。

まるで己が内匠頭にでもなったかのように、逵直は目を潤ませながら忠臣にむかって想いを語る。

「貴殿等の御覚悟、真に天晴にござるっ！　某は力添えはできぬが、吉良の屋敷より塀を越えてきた者がおれば追い返してくれようぞっ！　御丁寧な挨拶痛み入る。大石殿にもよしなに伝えていただきたい。方々の御武運御祈りいたしております」

「忝き御言葉痛み入ります。それでは某はこれにて」

大高何某が立ち上がって、真っ直ぐな瞳で逵直を見つめる。締め付けられる胸の想いを、言葉にして紡ぐ。

「必ず……。必ずや吉良の首を……」

深々と頭を下げて、大高は雪のなかを駆けていった。

「良いんですか」

感激の余韻に浸っていた逵直を、竹蔵の湿った声が揺り起こす。

「なにが」

「あんなこと仰って」

「当家に危害を加えぬと申しておるのだ。あれくらいのねぎらいの言葉をかけてやるのは、当たり前であろう」

「逃げてきた者を追い返すと仰せになられたではありませぬか」

「それがどうした」

「追い返すということは、騒ぎが収まるまで塀の下で見張っているということではありませぬか」

「あ……」

竹蔵に言われて思い出した。たしかにそんな約束をしたような気がする。

額に手を当て溜息を吐く。身中の熱が寒さに触れて白い靄となった。

逵直は己が嫌になる。

熱に浮かされる。勢いに呑まれる。長い物に巻かれる。そういう時、逵直は自分を完全に見失ってしまうのだ。

大高の熱い忠義の心にほだされて正気を失っていた。己も四十八人目の浅野の旧臣。それくらいの想いを、いつの間にか抱いてしまっていた。暴走である。とめどなく想いが溢れ出て、逵直の心の目を覆うのだ。彼等のために己がやれることはなんだ。そうだ、吉良の卑怯者はひとり残らず、追い返してやる。考えがそこまで至るのに、そう時はかからなかった。むしろ、殺してやると言わなかった己を褒めてやりたいくらいである。

もしも。

もしもである。

浅野家の旧臣たちが、吉良を討ち損じたらどうなるか。仇討ちの勢いに呑まれ、塀から逃げてきた者を殺しでもすれば、吉良家と土屋家には一生拭いきれぬ禍根が残ってしまう。そんな剣呑な関係のまま、隣同士で暮らしていくなど、考えただけで身の毛がよだつ。

「大丈夫ですか」

いつもよりもぞんざいな老奉公人の言葉に、逵直はうなずきとともに洟をすする。父が国を失う以前から土屋家に仕える竹蔵は、逵直の悪癖もわかっている。門前での安請け合いに、すっかり呆れてしまっているのだ。

「とにかく、庭に篝火を焚いて、高張提灯でも出しますか」

「なにゆえ、高張提灯など……」

「浅野家の旧臣たちが吉良を討てば、その加勢だと言えば良いし、吉良が生き残れば、吉良家の皆様が心置きなく戦えるよう、提灯を用意したと言えば良いでしょう。篝火は逵直様の御体のため」

「やはり見張らねばならぬか」

「万一、塀から誰かが落ちてきたら、逵直様直々に手を打たねばなりませぬでしょう」

竹蔵の言うことはいちいちもっともで、返す言葉が見つからない。生意気な奉公人を恨めしそうににらみつけ、逵直は口を尖らせる。

「庭に行く。お前は火の支度をしろ」

竹蔵が小さなうなずきとともに、曲がった腰をひょこひょこと上下させて屋敷へと消えてゆく。

鼻の穴を思い切り広げ、逵直は降り積もる雪を草履の先で掻き分けながら、ひとり裏庭へと歩いた。


「御主はなにをしておるのじゃ」

逵直は庭の池のほとりに立ち、大きな背中に問うた。先刻の中間のうちのひとりが塀をよじ登ろうとしているのである。衣を尻端折りにしているから、尻が丸出しであった。

竹蔵が大急ぎで用意した篝火に照らされた男の尻は、びっしりと毛に覆われていて見るに堪えない。襷がけした袖から、逵直の倍ほどもあろうかという太さの腕がつき出ている。

かたわらに立つもうひとりの中間が、どこから持ち出したのか、槍を持っていた。

「なにをしておる」

逵直の問いに、男は右の手を塀の瓦にかけ、右足だけで立ったまま器用に振り返った。

「なにをしておるのかと聞いておる」

男は答えず、左の手も瓦にかけた。塀のむこうは吉良の屋敷である。怒号飛び交う隣の家と、塀に登ろうとしている中間と、槍を持つもうひとりの中間。悪い予感しかしない。

「とにかく降りてこい」

「でも」

「良いから降りてこい」

そうこうしている間にも、竹蔵は屋敷に寝泊まりしている女中や小間使いたちを総動員して、火の灯った高張提灯を塀の側に設えている。本来ならば、目の前のふたりの中間が率先して行わなければならぬ仕事なのだが、若い男たちは逵直を見つめたまま動かない。

隣の屋敷の騒ぎがさすがに気になったのか、寝間着姿の妻と幼い我が子が、身を寄せるようにして立っていた。提灯の明かりで照らされた庭で、心配そうな面持ちのまま隣の屋敷の方を眺めている。

「奥で休んでいろ」

妻に声をかける。

「でも」

「大事ないから寝ておれ」

厳しく言うと、妻と子は互いを見遣ってから逵直にむかってうなずくと、不服そうな面持ちで縁廊下に上がり、障子戸のむこうに消えた。

「まったく……」

どいつもこいつも、という言葉を呑んでから、塀にへばりつく男の元まで歩を進めた。

男が瓦の上に登る。

「降りてこいという声が聞こえぬか太兵衛」

「聞こえとりますよ」

言いながらも塀の上の太兵衛は、下に控える同輩に腕を伸ばす。

「権太」

塀の上の太兵衛へ槍を渡そうとしている、もうひとりの中間の名を呼んだ。権太と呼ばれた若者は、刺々しい遠直の声に怯えるように、槍を胸元に抱えた。

「おい」

手を伸ばしても槍に届かない太兵衛が、苛立ちを露わにして権太を呼ぶ。

「渡すなよ」

声で中間を制する。

体付きから重々しい声に至るまで、なにもかもが厳つい太兵衛とは違い、権太は武家の中間にしては線が細い。常雇いではない中間連中は、大名家の下屋敷などに屯して、夜な夜な博打に精を出すような荒くれ者が多い。そんな中間のなかでは珍しく、権太は気性も穏やかで、喧嘩などとは無縁の男である。だから、怒りを露わにした主の声を受けただけで、身をすくめて縮こまってしまう。

権太の気弱な気性が太兵衛には腹立たしいようで、常日頃からふたりの間には、なにかと諍いが絶えない。

「早く寄越せっ！」

尖った毛先がつんと上をむいた髭を激しく震わせ、太兵衛が怒鳴る。

「降りてこい」

槍を抱えたまま動かない権太から目を逸らした太兵衛が逵直をにらむ。

「なにをしておる」

「助太刀でさ」

ぞんざいに言い放つ太兵衛の目が提灯の明かりでぎらぎらと輝いている。こんな男に町中でにらまれでもしたら、逵直は旗本であることも忘れて、顔を伏せる。

「とにかく……」

ふらりと右腕を上げる。

「降りてこい」

掌を下にしながら振った。

執拗な主の言葉に折れた中間が、無礼な溜息をこれみよがしに吐いてから飛び降りた。丸太のような二本の両足で地を打って、堂々と背筋を伸ばすと、逵直よりも頭ひとつ大きいから、主人を見下ろすような形になる。

竹蔵のような重代（じゅうだい）の家臣ではない中間は、たとえ主に暇を出されようと、口入屋（くちいれや）に駆けこんで次の奉公先を探せば良い。だから、腹を括（くく）ってしまえば、相手が主人であろうと無礼を働くことにためらいがない。

敗（ま）けてなるものか……。

武骨な胸板をぐいと張った太兵衛の前に立った逵直は、眉根を寄せながら雄々しい顔を見上げる。

「助太刀と申したな」

「へい」

不服を露わに、太兵衛が答えた。

「誰の」

「赤穂義士の方々にござる」

「義士……」

忠義のために起（た）った赤穂浅野家の旧臣たちを、太兵衛は義士と呼び仰ぎ見ている。彼等は武士の鑑（かがみ）だと、太兵衛は信じて疑っていないようだった。

「押し込み強盗の間違いではないか」

「なんとっ！」

信じられぬとばかりに、太兵衛が首を振る。

「土屋様は御隣の変事を知りながら、なんとも思われませぬか」

「どう思えば良いのじゃ」

「武士の御言葉とは思えませぬ」

「こうして高張提灯を用意しておる」

「義士の方々のためにござりまするか」

「無論じゃ」

竹蔵が提案した通り、勝った方のためである。決して浅野の旧臣たちのために用意したわけではない。が、目を血走らせた太兵衛の前で本心を曝け出す訳にはいかなかった。怒り狂って権太から槍を奪い、頭の上に振り下ろされでもしたら敵わない。

強い髭を油で束ねて尖らせている太兵衛の厳めしい顔がくにゃりと歪んで、いまにも泣きそうになる。

「どれほどの力になれるかわかりませぬが、浅野家の方々の助太刀をいたしとうござります。ここでじっとしておる訳にはゆかぬのです。どうかお許しを」

言って背をむけ、ふたたび塀へとむかう。

「待て待て待て」

遠直は焦って手を伸ばし、腰帯をつかむ。さすがに主を引き摺って歩こうとはせず、太兵衛は立ち止まって振り返った。

「放してくだされ」

「放さぬ」

「行かねばならぬのです」

「浅野の旧臣にでもなったつもりか」

頭に血が上った太兵衛に言いながら、先刻大高何某の前で泣きそうになっていた己を思い出し、頬が少しだけ熱を帯びる。

「斬り合いじゃぞ。芝居ではないのだ。本当に殺し合うておるのだぞ」

帯をつかんだまま諭す。

塀のむこうからは尋常ではない叫び声が、いまなお聞こえてきている。そのなかのいくつかは、命を失う刹那の声であるのは間違いない。

この世から戦がなくなって九十年ほど。

もちろん遠直は人が斬られて絶命する姿など見たことがない。それどころか刀で切り結ぶ姿も見たことがないし、己自身人前で刀を抜いたこともない。第一、抜いたところで満足に扱いきれもしないのだ。剣術の稽古など、侍にとってなんの得にもならない。精々、鞘のなかで錆びつかないよう、一年に一度手入れをするくらいのものである。

「御主がどれだけ喧嘩っ早くとも、その槍で誰かを突き殺したことなどなかろう」

太兵衛が顔を歪める。

「浅野の旧臣や吉良の家人だって同じじゃ。正々堂々の果たし合いなどではないのだぞ。斬り合いなどしたことがない者同士が、相手を組み伏せ、首を斬り、手や足がそこここに散らばり、泣き喚いて死んでゆくのじゃ。武士も仇討ちもない、ただの殺し合いじゃ。そんなところに御主はなにをしに行くのだ」

「それでも……」

「あ」

抗弁のために口を開いた太兵衛の気を削ぐように、権太が呆けた声を吐いた。そのあまりにも拍子抜けした音に、遠直と太兵衛が同時に振り返る。

どさり……。

なにかが塀の上から落ちてきた。赤い柔らかいなにかであった。

「ぐうぅぅ」

そのなにかが声を発した。

「ひぃっ！」

槍を放り投げながら、権太が腰を抜かした。

「ぼえええええええええええええっ」

落ちてきた物から目を逸らした権太が、今夜の夕餉のいっさいを雪の上にぶちまけた。

「だ……。だ、だれ……」

声を発する赤いなにかから、棒のような物が突き出てきた。

「人」

太兵衛がうわ言のようにつぶやく。

たしかにそれは人であった。

至る所を切り刻まれ、右足は太腿のあたりから先がない。虚空に突き出された棒のような物は、掌を失った腕であった。鼻が削げ落ち、血みどろで目は塞がり、全身が炎に照らされて妖しく光っている。

それが落ちてきたあたりの黄ばんだ塀に、ぶっとい血の筋が一本走っていた。

「いずれの家中の御方か」

さっきまでの勢いをなくした弱々しい声で、太兵衛が問う。

「き、き、き……」

それだけ言うと、赤いそれの頭ががくんと落ちてそのまま動かなくなった。

「し、死んだ……のか」

逵直の問いに太兵衛は答えず、肉の塊となったそれを見下ろしている。側では権太がげぇげぇ吐き続けていた。

なます切りという言葉が、逵直の脳裏を過る。

塀のむこうへと転がり落ちた骸のことなど知りもせず、吉良の屋敷からは、男たちの争いの声が聞こえ続けていた。探せ探せと大声で叫んでいるのは、おそらく浅野の旧臣たちであろう。どうやらまだ吉良上野介は見つかっていないらしい。

こんなことならいっそのこと、早く見つかってくれと思う。これ以上、なにかが転がり落ちてこないうちに、さっさと上野介が見つかって、殺されてしまえば良いのだ。

隣人の不幸より、己の平穏。

誰でもそう思うはずだ。

「どうじゃ太兵衛」

血腥い匂いを放つ骸を見下ろしながら、若き中間に問う。

「なにがでござるか」

強がりを口にする太兵衛の肩がかすかに震えているのを、逵直は見逃さない。

「これでもまだ隣に行きたいか」

「当たり前……」

「死ぬぞ御主も」

この期に及んでまだ強がりを吐こうとした愚かな中間の機先を制する。

「面倒事を避けたいがゆえに申しておるのではない。儂はありのまま思うたことを口にしておるだけじゃ。このような無残な死に方を御主はしたいのか。浅野、吉良いずれの家中の者かも知れず、縁も所縁もなき者に汚らわしいと思われながら死んでゆくのじゃぞ。それでも御主は、助太刀に行くのか」

答えが返ってこない。どうやら太兵衛にもわかったようである。どれほど情にほだされようと、情けと命を秤にかければ、己の命が勝るという事実が。

「さぁ、槍を仕舞い……」

どさり。

また……。

落ちてきた。

赤い肉の塊の隣に、さっきよりも小ぶりの何物かが落ちてきた。皆の目が骸から逸れる。とうぜん逵直もそれに目をやった。

白い。

それが、最初に思ったことだった。

小刻みに震えていた。純白の寝間着に身を包み、血に染まった地面を綺麗に避けて雪の上に転がっている。どうやら落ちた時に強く打ったらしく、腰のあたりをさすっていた。白いのは寝間着だけではない。綺麗に整えられた頭髪も一本残らず白かった。かさかさに乾いている肌は、白いのを通り越して青ざめている。

老いた侍……。

それがなにを意味するのか、逵直はしばしの間気付かなかった。しかし、この緊迫した事態において、隣から転げ落ちてくる老人といえば、ひとりしか思いつかない。そこまで思いが至ると同時に。

「ぬべらぁっ」

喉（のど）の奥から生まれてこのかた一度として吐いた覚えのない声がほとばしり出た。

老人が雪のなかで震えている。

逵直も震えていた。

転がり落ちてきた者の正体を知るのが恐ろしくて震えていた。そんな主の恐慌など与（あずか）り知らず、提灯や篝火の支度を終えた竹蔵が、老人の目の前にしゃがみ込んで、恐ろしい問いを投げかけようとしている。

「た、竹……」

止める言葉が喉に引っ掛かって出てこない。そんな主を見もせずに、竹蔵は優しい声を吐いた。

「御手前（おてまえ）は吉良の御家中の……」

そこまで竹蔵が言った時、老人ががくがくと顎（あご）を上下させた。

うなずく老人に、竹蔵が問いを重ねる。

「もしやと思いまするが」

「やめろ」

逵直の声は老人には届かなかった。

「吉良……」

震える声で老人が言った。

「い、いやなにも申されまするな御老人」

逵直は老人に駆け寄って、手を差し伸べ、立ち上がらせようとした。

「上野介じゃ」

逵直が触れようとした刹那、老人が言った。

「ひっ！」

思わず逵直は手を引いて後退(あとずさ)った。

「このようなところにおられては風邪(かぜ)を御召しになられまする。あの火の方へ」

うろたえる逵直を尻目に、竹蔵が老人の手を取って立ち上がらせると、後方で燃える篝火の方へと誘う。老人は裸足(はだし)のまま爪先立ちになり、竹蔵に手を取られながら吸い込まれるようにして火へとむかってゆく。

冗談ではない……。

ふたりの老人の小さな背中をにらみながら、逵直は心につぶやいた。

浅野の旧臣が隣家を襲撃しただけでも、遠直の平穏な暮らしは壊されている。そのうえ、浅野の侍たちが躍起になって探している上野介が落ちてくるなど、青天の霹靂（へきれき）以外のなにものでもない。

火に手を掲げる上野介をにらむ遠直の背後で、猛々（たけだけ）しい雄叫（おたけ）びが上がった。槍を手にした太兵衛が、上野介に刃をむけ叫んだのだ。

「悪党めっ！　なにしに来おったっ！」

「待て待て待てっ！」

槍を振り上げて上野介へと駆けようとする太兵衛の目の前に、遠直は両手を振り上げ立ちはだかった。主よりも、ひとまわり大きい中間は、壁となって突進を阻（はば）む遠直を撥（は）ね飛ばすことをさすがに躊躇（ちゅうちょ）したようで、目の前で立ち止まる。しかし炎を受けて輝く切っ先は、遠直を通り越して上野介へとむけられている。

「逃げてきたのか卑怯者っ！　儂がこの場で殺してやるっ！　さぁ、そこに控えろっ！」

老人は、まがりなりにも先の高家肝煎である。かたや太兵衛はにわか雇いの中間風情（ふぜい）。立場には天地ほども開きがあるのだが、頭に血が上った中間は見境が付かなくなっており、このままでは遠直を突き飛ばして上野介を殺しかねない勢いであった。

猪（いのしし）のごとき中間を全身で制しながらも、遠直は必死に思いを巡（めぐ）らせる。

遠直以下、この家に住む者には背後の老人に怨恨はいっさいない。

そのような者を何故殺すのか。

この騒動は朝には公儀に知れるだろう。当然、役人たちが群れをなして吉良の屋敷を訪れることになる。上野介が死んでいれば、どこで死んだのか、誰に殺されたのか、なにもかも調べられるはずだ。

うちの中間が槍で突き殺し申した……。

言えるはずがない。

「止めろっ！　止めぬか太兵衛っ！」

「御退きくだされっ！　助太刀には参らずとも、目の前に浅野家の方々の仇がおって、見逃すわけには行きませぬっ！」

「御主の仇ではないだろうっ！」

「主君への忠義を貫かんとする方々の誠に応えとうござりまするっ！」

「ふふふ」

篝火の下で上野介が笑った。

あきらかに太兵衛の言葉を受けての笑い声である。真剣な問答の間隙に唐突に割って入ってきたから、上野介の笑い声は逵直と太兵衛の耳にはっきりと届いた。

「なにが可笑しい」

問うた太兵衛が歯を食い縛りながら、上野介をにらむ。逸る中間の前で大の字になりながら、逵直も肩越しに視線を送った。純白の寝間着に骨と皮だけの体を包み、炎の下で震える上野介の、しゃれこうべと見紛うような頭にふたつの穴がぽっかりと開いている。その穴の一番奥。暗い穴の底に黄色い眼がぼんやりと浮かんでいた。黄色く湿った眼に穿たれた小さな瞳が、みずからに切っ先をむけていきり立つ中間を捉えている。

「なにも知らぬくせに、聞いたようなことを申すでない」

「なにをぉ」

太兵衛の頬が、怒りで脈打つ。

「黙っておられよ吉良殿っ！」

肩越しに上野介を見ながら逵直は叫ぶ。が、不敵な老人は止まらない。

「さっきから御主は浅野の旧臣どもの忠義だなんだと言うておるが、人の寝込みを襲うて寝首を掻くような真似をする者は、武士とは呼べぬ。忠義とは主君と家臣の間柄にて成り立つ言葉であろう。奴等は武士ではない、賊じゃ。賊の忠義など、糞の役にも立たぬわい。仇討ちを所望なら、昼日中に正々堂々と名乗り出れば良いものを。まぁ、公儀に届け出たところで、すでに一年も前に儂と浅野家との因縁には裁きが下っておる。それを不服と訴え出るは、将軍様の裁定に異を唱える行いである。いま隣で刀を振るうておる者たちに義などないわ。忠を語る資格もない。そのような者に加勢し、其方は主への不忠をなすか」

笑みの形に歪む老人の口から次から次へと言葉が零れる。

「そもそも浅野内匠頭めの逆恨みが招いたことではないか。儂はこまごまとあの若者に礼法のなんたるかを教えてやっておったのだ。それをわかったような顔をして、いまからやろうとしており申した、某も知っており申した、などとふた言目には言い訳を抜かす。そしていざ、やらせてみると必ずしくじる。それを叱ると、腹を立てる始末じゃ。そのうち鬱陶しくなっての、大事なことしか伝えんようになった。斬られた日の装束のことも、儂は使いをやって伝えておった。失念したのか聞いておらなんだのか、己で間違えておきながら、遺恨を覚えておるかと斬りかかられては良い迷惑じゃ。なにゆえ儂が殺されねばならんのじゃ。儂には儂の言い分がある。それを聞かず、巷間の噂を信じ込み、浅野の旧臣どもに肩入れするは、誠の行いと言えるのか」

堂々とした物言いに、逵直はすっかり呑まれてしまっている。上野介の隣に控えている竹蔵などは、皺に覆われた口をへの字に曲げながら、腑に落ちたとばかりに何度もうなずいていた。

太兵衛は……。

上野介から目を逸らし、逵直はふたたび中間へと顔を回す。

短兵急を常とする中間は、槍を振り上げたまま、切っ先をむける相手を失ったように、呆然と立ち尽くしていた。心情としては、やはり浅野の旧臣に肩入れしたいのであろうが、いまの上野介の弁を聞かなかったことにするような狡さはないのだ。喧嘩にはいずれにも言い分がある。考えれば当然のことに、太兵衛はいまさらながらに気付かされたのだ。

「畜生」

つぶやいた太兵衛が槍を下ろした。もう老人にむかって駆け出すことはないはずだ。胸を撫(な)で下ろし、逵直は篝火の下の悪辣(あくらつ)な顔と正対する。

「さて……」

みずからの命の危機が去ったことを知った上野介が、腰の後ろで手を組みながら、逵直の視線を受け止めた。篝火の熱で温められたのか、体の震えは収まっている。青ざめていた顔にも、幾分赤みがさしているようだった。

「御貴殿が、この屋敷の主であられるか」

この老人は隣に住まう者の顔すら知らぬのか。逵直は、上野介が越してきた一年前よりも以前から、この男のことを知っているというのに。苛立ちを押し殺しながら、逵直は精一杯胸を張ってみせた。

「土屋主税と申しまする」

「すでに我が屋敷で起こっておることは承知なされておられよう。しばらくの間、この家で匿(かくも)うてくださらぬか」

「は」

呆けた声とともに、逵直は首を傾(かし)げる。

「もちろん礼はするつもりじゃ。浅野の旧臣どもが姿を消すまでで良い。すでに上杉家にも急報が届いておるはずじゃ。おっつけ後詰も到着するであろう。なんならそれまでの間で良い。哀れな老人を救うと思って、何卒よろしく御頼み申しまする」

　言って上野介が浅く頭を下げた。

「この屋敷を襲ってこぬという保証はありませぬ」

　逵直の言に、老人は不敵な笑みとともに首を横に振る。

「儂が土屋殿の屋敷に隠れておるとは思いますまい。それに……」

　翁が目を細める。

「儂が生き延びれば、公儀の取り調べを受けることになる。土屋殿が浅野の旧臣どもに加勢して、敷地内に高張提灯を掲げておったと申すこともできるのですぞ。罪人どもの肩を持つか、それともこの儂の味方をするか。これより先の土屋家の隆盛に、どちらが繋がるか……」

「威されるのか」

「いやいや」

　余裕を満面に湛えて、上野介が掌をひらひらと振ってみせる。

「儂はただ其方に御味方をしていただきたいと思うておるだけ。そしてその礼はしっかりとさせていただくと申しておるだけにござりますよ。ほほほほ」

　なんとなく……。

　一年前の江戸城での一件の真相が見えてきたような気がして、逵直は顔を伏せた。一時たりとも、老人と視線を合わせておきたくなかった。

隣ではいまなお殺し合いが続いているのだ。上野介の家臣と、上野介を主君の仇と思う侍との間で。

顔を伏せたまま逵直は問う。

「良いのですか」

「ん」

先をうながすように吐いた上野介の声に、余裕の色が滲(にじ)んでいるように思え、吐き気を覚える。

「御手前の屋敷から聞こえてきておる声は、もちろん耳に入っておられるのでしょう」

「奴等はどうかしておる」

「奴等とは」

「決まっておろう。浅野の旧臣どものことよ」

吐き棄てるように言った上野介に、思わず逵直は顔を上げた。果たしてこの老人は、いったいどんな顔をして、それほど悪辣な言葉を吐けるのか。見てやりたくなった。

「いや、浅野の方々ではござらぬ」

「当家のことなら心配には及ばぬ。皆、儂のために命をなげうって戦ってくれておる」

「其処許(そこもと)が、ここにおられることは」

「塀へと担ぎ上げたふたりだけしか知らぬ故、御案じめさるな」

「いやいや……」

自分の屋敷が襲われることを心配しての問いだと勘違いしているようである。どうにも、この老人とは言葉が噛み合わない。

「土屋様っ！　こんな奴はやっぱり生かしておいちゃならねぇっ！」

再び太兵衛が槍を振り上げる。

「落ち着け」

声を投げ、太兵衛の背後に立つ権太に目をむける。

「太兵衛を見ておれ。少しでも下手な真似をしようとしたら、声を上げて儂に報せよ」

権太が全力でつかみかかったところで、太兵衛を止めることなどできはしない。だからといって、逵直が力ずくでむかって行ってみても、同じことである。この庭にいる者のなかで、力で太兵衛に勝てる者はひとりもいないのだ。

「殺っちまいましょうよ。この外道っ！」

穂先を上野介にむけながら吠えはするが、太兵衛はその場を動きはしない。先刻からのあれこれの所為で、逵直の許しがなければ動けぬようになっている。そんな若き中間の心根などとっくの昔に御見通しであるとばかりに、不遜な老人はどれだけ太兵衛が叫ぼうと、顔色ひとつ変えはしない。

「逵直様」

突然、上野介の背後に下僕のように控えていた竹蔵が、白い寝間着ごしに主人へと声をかけた。目だけで重代の臣に合図をすると、ぺこりとひとつ頭を下げてから、竹蔵が唇を一度舐めて語り始める。

「如何でしょう。こんなところで問答をしておっては吉良様の御体も冷えまする。ここはとにかく屋敷に上がっていただき、時が過ぎるのを待つのがよろしいかと存じまするが」

己が主の風邪の心配よりも、上野介の身を案ずるような口振りが癪に障り、逵直は思わず口を尖らせた。

「そうそう、この者の申す通り、そろそろ中に入れてはくださらぬか」

なんと図々しい隣人であることか。真夜中、人の屋敷に寝間着姿で、しかも塀を越えて侵入してきて、とにかく屋敷に入れろとはどういう了見であろうか。

いったいこの光景はなんなのか。あらためて思うと、腹立たしくてたまらない。

どちらの味方をしたところで、逵直にとってなんの得にもなりはしない。平穏無事に、息災に旗本としての生を全うできれば、それで良いのだ。

何者かに仇と恨まれるようなこともなければ、誰かを殺したいというほどまで憎んだこともない。

刀を振るのも好きではない。

太兵衛が抜き身の槍を振り回すような中間だったとは、いまでも信じられない。塀のむこうで殺し合いが行われることになろうとは、夢にも思わなかった。

なにもかも……。

「御主の所為じゃ」

緩んだ笑みを浮かべる老人をにらみつけながら言ってやった。上野介はなにを言われたのかわからぬといった様子で、首を傾げている。

「太兵衛」

老いぼれをにらみつけたまま言った。

「刺せ」

「え」

呆けた声を上げたのは、先刻まで猛っていた中間であった。逵直は上野介から目を逸らさずに、太兵衛に命じる。

「此奴(こやつ)を刺せ」

「いきなりなにを申されておるのじゃ」

狼狽(ろうばい)した寝間着姿の老いぼれが後退って竹蔵の後ろに隠れた。

「退け竹蔵。殺れ太兵衛」

「へ、へい」

腹を決めた太兵衛が、槍を手に逵直の脇を通り過ぎる。

「まっ、待てっ！」

竹蔵の肩を後ろからつかんで上野介が叫ぶ。

「退け竹蔵」

「はい」

つかまれた肩をするりと抜いて、竹蔵が上野介の後ろに回った。

「殺れ、太兵衛」

太兵衛が固く目を閉じ、槍を真っ直ぐに突き出した。

「え……」

なにが起こったのかわからぬといったように大きく目を見開いた上野介の腹に、槍が深々と突き立つ。

「ふっ、ふっ、ふっ、ふっ」

上野介を貫いたままの太兵衛が、荒い息とともに肩を大きく上下させている。人を刺したのは初めてなのだ。逵直だって、人が槍で突かれるのを見たのは初めてだった。だが、何故(なぜ)だか妙に落ち着いていた。肩に乗っていた重い荷がすっと落ちたみたいに、清々(すがすが)しい心地である。

「抜け」

主の言葉にがくがくとうなずきながら、太兵衛が槍を抜く。すると上野介の腹から、滝のような血が腸とともに零れ出た。純白の寝間着を真っ赤に染めながら、隣の家主はみずからが作り出した血の池に頭を突っ込みそのまま動かなくなった。

「太兵衛、権太、竹蔵」

逵直の声に三人が同時にうなずく。

「此奴を塀のむこうに投げ落としておけ」

「良いのですか」

情の籠もらぬ目で老人の骸を見下ろしながら竹蔵が問う。逵直は首を一度大きく上下させてから、爪先で上野介の肩口を突いた。

「隣人の顔も知らぬような奴を、身を挺してかばってやることはないわ」

もう一度突いてから、塀の方へと顎を突き出す。

「やれ」

「浅野の方々に御報せした方が」

「知らん」

竹蔵の問いに仏頂面で答えてから、逵直は土気色になった上野介の顔をふたたび見下ろす。

「此奴は無礼な隣人じゃ。それ以上でも以下でもない。なにも言わずに隣に捨てておけば、それで良い」

さすがにこれ以上、主を引き留めることもなかろうと思ったのか、竹蔵がふたりの中間に指図して、血塗れの骸を三人がかりで抱えて運びはじめた。

どさり。

塀のむこうで音がした。

「ほれ、そっちのも」

竹蔵が中間たちに指示する声がする。

また、どさり。

隣人たちは去った。

「えいえいおぉぉ！」

浅野の旧臣たちの歓喜の声が聞こえてきたのは、それからしばらくしてのことである。白々と明け始めた東の空のもと、逵直はそれを欠伸とともに聞いた。

初出

（すべて小説宝石掲載）

「秘事」――二〇一八年七月号
「鴨」――二〇一九年九月号
「抜ける」――二〇二〇年六月号
「忘れ亡者」――二〇二〇年十一月号
「母でなし」――二〇二二年一・二月合併号
「さいごのおねがい」――二〇二二年十月号
「おとなりさんちのかたきうち」――二〇二三年五・六月合併号

※単行本の刊行にあたり、加筆・修正しました。

矢野 隆
（やの・たかし）

1976年、福岡県生まれ。2008年『蛇衆』で第21回小説すばる新人賞を受賞。以後、時代・歴史・伝奇小説を軸に、多彩な作品を発表している。’21年『戦百景 長篠の戦い』で第4回細谷正充賞を、’22年『琉球建国記』で第11回日本歴史時代作家協会賞作品賞を受賞。ゲームやコミックのノベライズも多数手がける。著書に『愚か者の城』『とんちき 耕書堂青春譜』『さみだれ』『戦神の裔』『山よ奔れ』、有名な合戦を描く「戦百景」シリーズなど多数ある。

覚悟せよ

2024年4月30日　初版1刷発行

著者　矢野　隆
発行者　三宅貴久
発行所　株式会社 光文社
〒112-8011　東京都文京区音羽1-16-6
電話　編集部　03-5395-8254
書籍販売部　03-5395-8116
制作部　03-5395-8125

組版　萩原印刷
印刷所　新藤慶昌堂
製本所　ナショナル製本

落丁・乱丁本は制作部へご連絡くだされば、お取り替えいたします。

ISBN978-4-334-10301-9